U0726528

张景钟

读书

孙犁读本

孙犁作品·老年读本

孙晓玲 李屏锦◎主编

河北出版传媒集团

花山文艺出版社

图书在版编目（CIP）数据

孙犁作品. 老年读本 / 孙犁著；孙晓玲，李屏锦
主编. 一石家庄: 花山文艺出版社，2015.12（2020.6重印）
（"孙犁读本"）
ISBN 978-7-5511-2662-5

Ⅰ.①孙… Ⅱ.①孙… ②孙… ③李… Ⅲ.①中
国文学－当代文学－作品综合集 Ⅳ.①I217.2
中国版本图书馆CIP数据核字(2016)第009167号

丛 书 名：孙犁读本
主　　编：孙晓玲　李屏锦
书　　名：**孙犁作品·老年读本**
著　　者：孙　犁
编 选 者：梁东方

策划统筹：张采鑫　赵锁学
责任编辑：贺　进
责任校对：李　鸥
封面设计：景　轩
美术编辑：胡彤亮
出版发行：花山文艺出版社（邮政编码：050061）
　　　　　（河北省石家庄市友谊北大街330号）
销售热线：0311-88643221/29/31/32/26
传　　真：0311-88643225
印　　刷：三河市华东印刷有限公司
经　　销：新华书店
开　　本：700×1000　1/16
印　　张：12.25
字　　数：140千字
版　　次：2017年4月第1版
　　　　　2020年6月第2次印刷
书　　号：ISBN 978-7-5511-2662-5
定　　价：25.00元

（版权所有　翻印必究·印装有误　负责调换）

1978 年孙犁在天津市多伦道寓所

1984 年 9 月 9 日丁玲致孙犁的信

1982 年 5 月，孙犁在天津市多伦道寓所与著名作家丁玲亲切交谈

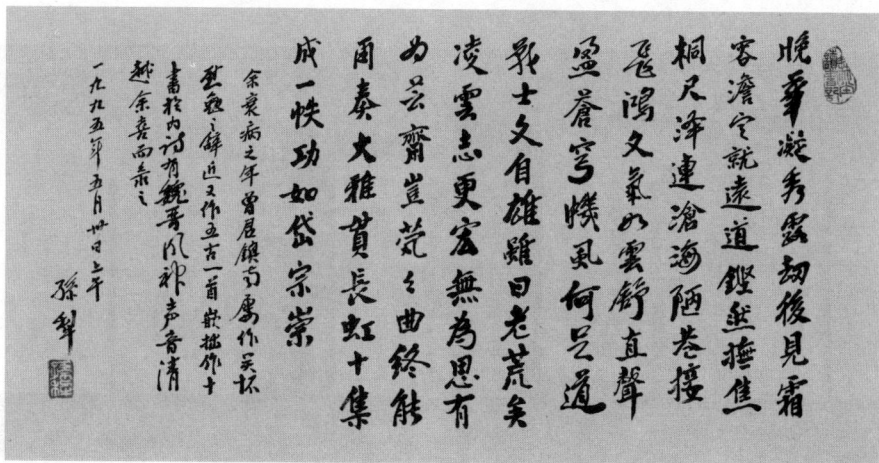

孙犁赠送给小女儿的书法，录曾镇南先生嵌十本小书名诗一首

1958 年摄于天津的"全家福"

孙犁晚作十种版本书影

1942 年在晋察冀边区，左后抱衣者为孙犁

编 者 的 话

《孙犁读本》是孙犁作品的普及本。

孙犁是我国革命文学的一面旗帜，是风格独具的文学大师。在我国现当代文学史上，只有一个孙犁！

孙犁对中国革命文学的贡献，他崇高的文品人品，深深地影响了一代又一代人，被广大作家和读者所敬爱。

孙犁的抗战小说写得最好最多，《荷花淀》誉满天下。

孙犁的《风云初记》和《铁木前传》被誉为共和国中长篇小说的经典之作。

孙犁一生不随波逐流，坚持讲真话，愈到晚年，思想愈臻成熟，行文尤其老辣，他的《耕堂文录十种》不同凡响，其思想之深邃与节操之坚贞，最终成就为作家良心的光辉形象。

孙犁饱览群书，博古通今，知识渊博，是学者型作家。他的文章、题跋、书衣文录等，给予读者智慧和力量；他广泛阅读新人新作，扶植他们健康地走上文坛，有口皆碑。

《孙犁读本》面向大众，首次将孙犁的作品分门别类地作了归纳，包括《孙犁抗日作品选》《孙犁诗歌剧本选》《孙犁评论选》《孙犁书信选》《孙犁作品·少年读本》《孙犁作品·老年读本》

《孙犁晚作选》《孙犁论读书》《孙犁论孙犁》《孙犁名言录》，共十种。

　　《孙犁读本》涵盖了除中长篇小说以外孙犁的全部作品，各自独立，又共为一体，言简意赅，富有新意，免除读者翻检之劳。各册编者不约而同地看中了某些篇目，不可避免地会有少量的重复；倘若完全排除重复，必有遗珠之憾。仁者见仁，智者见智。在两难之中，我们力求协调，不使偏失。

　　尚祈读者、方家不吝赐教！

　　本书编选过程中，阎纲先生热情指点，在此深表谢意。

编者谨识

2016 年 3 月 10 日

序：读懂父亲

□　孙晓玲

　　有人说他是迎风也不招展的一面旗帜，有人说他是越打磨越亮的一面古镜，有人说他是文苑那轮皎洁的明月，有人说他是淀水荷花的精魂……不管别人怎样评价他、赞美他，他就是他——生活中我们最慈爱的父亲。

　　努力读懂父亲的路我走了很长，而且就算我永久地闭上眼睛，也不可能完全读懂，因为父亲是一本极为厚重极具内涵的人生大书，"大道低回，独鹤与飞"。但我愿一点一点地翻阅，用心细细地品读、了解、感悟这本书。

　　小时候懵懵懂懂，父亲带我参观他的写作小屋时，告诉我，他就在这里写作。那是天津市多伦道216号大院后院一排平房中的一间。过去是《大公报》创始人之一吴鼎昌用人住的地方。这间小屋只有一张写字桌、一把椅子、一张单人床。说到写作，他似乎有种兴奋，他告诉我："我吃的是草，挤的是奶。"我茫然、困惑不解，是嫌母亲做的饭不够好吗？他为什么这样说呢？后来我才知道他背的是鲁迅先生说过的一句话，那是他的心志。

　　在一个城市与父亲共同生活52年的岁月里，我对他的了解逐渐加深。尤其搬到蛇形楼之后我已经退休，常去看望他，父亲身体好时三言五语也给我说过他对文学创作上的一些独特见解，对我的求教也有一两点针对性的指导。父亲去世后，我历经十余年寒窗苦，在 2011 年与 2013 年写完《布衣：我的父亲孙犁》与《逝不去的彩云》两本怀思父亲的书。之后，我对父亲的作品渐渐熟悉了起来，是父亲的作品伴着我度过了远离慈父的岁月，是父亲的作品给了我莫大的安慰，给了我奋进的力量，给了我如见亲人的温暖，给了我更多写作上的点拨与规诫。我不仅是父亲的女儿，还是他的读者、学生；他不仅是我慈爱的父亲，还是对我谆谆教诲引导我写作的良师、近在咫尺的国文教员、文学启蒙人。无论过去现在，我为有这样一个父亲感到深深地自豪。不论做人为文，他永远是我学习的楷模。尤其当我发苍苍、视茫茫，年近古稀之际，能亲身体会到文学创作带给我的慰藉与快乐之时，我的心中充满感恩之情。现在我的女儿也拿起手中笔写了很多关于姥爷的回忆，在天津《中老年时报》上开辟了专栏。我们都是仰望大树的小草，根深叶茂的参天大树，一枝一叶都令我们景仰无限，叹为观止。

在父亲孙犁七十多年文字生涯里，他用心血凝聚了 300 多万字的心灵之作。这笔丰厚的文学遗产，是中外优秀文化遗产的继承与发展，尤其是对鲁迅文化遗产的继承与发展，留给了后人，留给了民族，留给了中国现当代文库。

父亲而立之年在延安窑洞写出成名之作《荷花淀》，以高超的艺术手法，传递了民族精神、爱国热情；不惑之年父亲满怀激情在天津市和平区多伦道原 155 号《天津日报》编辑部写出抗战题材长篇小说《风云初记》，成为烽火中的抗战文学红色经典、爱国主义优秀教材。在和平区多伦道 216 号侧院《天津日报》宿舍披星戴月写出中篇小说《铁木前传》，被称为共和国中篇小说经典扛鼎之作；花甲之年至耄耋之年，他在天津市多伦道大院与南开区蛇形楼内呕心沥血又写出了十本散文集，四百多篇文章。这十本小书，浸透着父亲"沉迷雕虫技，至老意迟迟"十三年废寝忘食的投入，焕发着老树着新花的光彩，闪烁着真知灼见的光辉。20世纪80年代初，八卷本《孙犁文集》面世。这八本文集，民族魂魄铸雄文，浸透着父亲半个多世纪以来文学历程的心血才智，字字似珠玑，篇篇有情义，创造了一个历经关山考验，白纸黑字可不作一处更改的奇迹。

父亲一生虚心向生活学习、向人民学习，他把生活留给了历史，历史也留住了他的文学生命。他是一位一生向人民奉献精品的作家。

为了弘扬伟大的爱国主义精神，为了弘扬中华民族优秀传统文化，为使优秀文艺作品成为人民群众的知心朋友，我于2015年——中国人民抗日战争暨世界反法西斯战争胜利70周年这一具有重大历史意义之年，抱着"缅怀先生莫如读他的作品"这一理念，怀十三年追思之痛，仰高山之大美、叹芸斋之丰赡、赞耕堂之奉献，与父亲友人花山文艺出版社原副总编辑、资深编审李屏锦先生共同主编了这套丛书。他与我父亲生前交往甚洽，这次编书不遗余力地给了我极大帮助。此"孙犁读本"系列包括：《孙犁抗日作品选》《孙犁诗歌剧本选》《孙犁评论选》《孙犁书信选》《孙犁作品·少年读本》《孙犁作品·老年读本》《孙犁晚作选》《孙犁论读书》《孙犁论孙犁》《孙犁名言录》，共十种。

在花山文艺出版社领导张采鑫、赵锁学等同志的鼎力支持下，在杨振喜、刘传芳、郑新芳、梁东方等孙犁研究专家、学者、编辑的齐心努力、不辞辛劳工作中，这套饱含对孙犁先生思念与景仰，崭新、素雅、简朴、易读、面向广大读者的丛书终于面世。

怀文学梦　一生追寻

父亲自小聪慧好学，奶奶常夸他"三岁看大，七岁知老，从小爱念书"。还是在本村上小学时，教书先生就对我爷爷说："你这个孩子，将来会有更大的出息。"上高小后父亲便爱上了新文学作品，除了课堂受教，他经常利用课外时间阅读报纸图书，他的同学们都知道，操场上少见他的身影，图书馆是他最爱待的地方。

"不积跬步无以至千里，不积小流无以成江海。"在文学理想追求上，父亲一生不仅极为执着，极为勤奋，而且也与梦悠悠相关、绵绵缠绕。从他少年时的"求学梦""莲池梦"，青年时的"文学梦""青春梦"，壮年军伍时的"游子梦""报国梦"，晚年时的"耕堂梦""芸斋梦""桑梓梦""还乡梦"，他有追梦的"无与伦比之向往"，有梦想破灭的失意与痛苦，也有美梦成真的快乐欢欣。

自青少年时期受到《红楼梦》《聊斋志异》《牡丹亭》及唐诗宋词这些与梦有关的古典文学影响，父亲对博大精深的中华民族"梦"文化也有兴趣。在父亲晚年创作中，《书的梦》《画的梦》《戏的梦》《戏的续梦》《青春余梦》《芸斋梦余》，皆以"梦"字为题，而《亡人逸事》《老家》《包袱皮儿》《一九七六年》《幻灭》《关于〈山地回忆〉的回忆》等一些充满亲情、乡情、军民鱼水情和切身感受的作品，也不乏梦的情愫。他默默地如春蚕展吐，不断地编织已逝的旧梦，在静静的编织中，又不时补进现实沉潜的感受。

"梦的系列"是父亲晚年创作中的一个重要组成部分，是他十年梦魇之后，孤独反思、寂寞为文所留下的不可忽视的一道独特的文学景观，与"白洋淀系列"相比，尽管两者风格截然不同，前者荷浮幽香、清新隽永，后者老辣逼人、意蕴丰厚，但都紧紧触摸着时代的脉搏，都是他心路历程的凝结。

文如荷美　品似莲清

文品、人品的高度统一，造就了父亲作品历久弥新的生命力。

父亲一生爱国家、爱民族，七七事变后，抛妻舍子告别双亲，带着一支笔投身抗日洪流，走上革命的路，写作的路。战乱奔波，行军跋涉，被大水冲走过，被炸弹爆炸惊吓过，上前线采访险遭不测过，在蒿儿梁病倒过……山边、地头、农舍，他创作了大量优秀的抗日作品，为这场保家卫国的伟大战争做出了热血男儿安邦御辱的无私奉献。及至晚年，日本帝国主义的铁蹄声犹在耳畔，敌人肆虐后的战士、群众、孤儿寡母哭啼声犹在耳畔，不忘国耻、警钟长鸣。生活中他布衣素食，不求享受，甘于清贫，不慕奢华；在平凡的生活中我行我素地保持着他对文学理想神圣的追求。

1966年惊心动魄的"文革"开始后与父亲共同经历了多次被抄家、被逼迁，共同经历了人妖颠倒、文士横死、文苑凋零的严酷与惨烈，父亲的文学梦被无情摧毁。我深知这一"史无前例的文化运动"对他造成的心灵伤害。

父亲在逆境中不向权贵折腰，不跟风、不整人。我亲眼看见，父亲向造反派交代的材料上只有一行开头，无半句下文；我亲耳听他沉痛地呐喊："这是要把国家搞成什么？"别看父亲体质瘦弱，可他是非分明、疾恶如仇，铜枝铁干无媚骨，不管形势多么复杂、多么混乱，他头脑清醒不盲从，更不做违背良心良知的事情，有传统知识分子的风骨。

"四人帮"祸国殃民的邪恶凶残，令这个正直的作家深恶痛绝。任风云变幻、黑云压城，他铁骨铮铮，宁折不弯。十年动乱、头戴荆冠，他不跟形势修改自己的抗战作品，一字不动，宁可沉默，不昧天良；任污蔑辱骂，不求助于位高有势的权威、新贵以求"解放"。他浊清分明，耻于跟那些帮派文字登在同一版面。

书衣残帛记心语，旧牛皮纸封皮上一段段语句，犹如日记，倾吐出他内心多少积郁忧愤。

父亲极其尊崇热爱鲁迅先生，诗人田间在艰苦的条件下曾赠他"横眉冷对千夫指，俯首甘为孺子牛"两寸宽窄纸对联，与他相互激励。

我记得与父亲谈话，涉及先生的照片集、作品，只要提到鲁迅先生，父亲神情声音便立时充满了仰慕与崇敬，双眼闪现出钦敬的光芒。

鲁迅先生伟大的人格，对民族强烈的责任心，疾恶如仇、爱憎分明的战斗精神，对文学事业至死不渝的耕耘努力，是父亲一生的楷模。父亲晚年依然忧国忧民，关心国家精神文明建设，捍卫民族文化与自尊。他认为"文化大革命"首先破坏的是文化，文化的含义很广，它包括中国的历史和传统，道德和伦理，法律规范和标准，"文化大革命"破坏污染了人的灵魂，流毒深远，一时难以复原。"文革"以后，国民的文化素质，呈急剧下滑状态。为了捍卫民族语言的纯洁性，回击随意践踏中华民族语言的一股邪流；为了抵制那些说起来很时髦，听起来以为很潇洒，实际上对青少年成长极为不利，甚至诱导犯罪的口号；为了揭露某些作品媚俗、色情、暴力等精神污染给社会带来的种种危害；为了用美好高尚的文学作品为青年一代提供优秀的精神食粮，托起祖国明天的希望，这位年高体弱的抗战老战士，仿佛又听到祖国民族的召唤，以凌厉的战斗姿态，披坚执锐，跃马扬鞭，驰骋疆场，一往无前。

书生模样，战士情怀，君子本色。晚年父亲抨击文坛不正之风，无私无畏，哪怕孤军作战，腹背受敌决不退缩，决不投降！正如诗坛泰斗臧克家先生称赞孙犁那样：批判文坛不正之风，少有顾忌，直抒胸臆，"具有卓然而立的精神"。

无论小说、散文、诗歌、剧本，孙犁先生的作品都能给人以美的享受，如同没有被污染过的纯正的粮食一样，别样甘甜、香醇。

父亲的散文，是他一生默默耕耘的悠长的犁歌。从小小少年在育德中学刊物上发表习作开始，到耄耋之年仍挥毫不辍，一时一事一景一情，无不记下自己的足迹、时代的弦歌。耕堂散文清雅质朴，意境深邃，个性突出，文字练达，富含哲理，真情毕现，是他人生历程鲜活的记录。

"感情的真挚与文字朴实无华是写好散文的要素。"这是父亲在《论散文》中强调指出的。他自己也遵循了这一要旨，正因如此，他的许多名篇名段至今仍被他的读者津津乐道、默默涵泳，具有春草夏荷般的生命力。

不论是他的"病期琐谈"还是"芸斋梦余"，不论是"往事漫忆"抑或"乡里旧闻"，他纯熟的白描手法、寓意深远的抒情、含蓄多弦外之音的表达、简洁朴实的语言素为研究者所称道。

读父亲的散文，尤其是晚年之作，常常让我流下感动的泪水，就是因为感动于《亡人逸事》，父亲不弃糟糠、对妻子至深情感，2003年5月我写出了《摇曳秋风遗念长》一文。其实有些篇章，父亲新写出来后自己也一遍遍诵读、背读，自己也不禁流出对文学神圣力量感动的泪水。历经战乱流离、天灾人祸，荣辱沉浮、病痛折磨，写作是对他的慰藉、同情和补偿，无可替代。他常常在寂寞、痛苦、空虚的时刻进行创作，他常常在节假日别人欢喜游乐时进行创作，他常常在深夜月光下、在别人休息酣睡时进行创作，全身心投入使他忘记了病痛。

"子夜荧荧，灯昏欲蕊；萧斋瑟瑟，案冷凝冰。集腋为裘，妄续《幽冥》之录；浮白载笔，仅成孤愤之书。"父亲晚年以古人顽强创作心志，远离红尘闹市在孤独寂寞中著书，在他书房的书柜上有台灯，在他睡觉的床头有台灯，月光不知为他伏案窗前投下多少光亮。

坎坷际遇，沧桑容颜；苦辣酸甜，乡情浓酽；战友情深，依依难忘；怀思清幽，情凝笔端。"创作贵有襟怀，有之虽绳床瓦灶，也无妨文思泉涌；无之，虽金殿皇宫，也无济于事的。"父亲在《远道集》"宾馆文学"文中这样慨叹。他的《荷花淀》写于延安窑洞、马兰草纸、自制墨水、油灯摇曳、木板搭床、砂锅瓦罐、伙房打饭，他自得其乐。在他晚年，箪食瓢饮、老屋陋巷亦铸华章。

时间是最严厉也是最公正的评判者。

父亲一生没有大红大紫，许多作品还经常受到指责和批判。《铁木前传》更让他背负骂名，九死一生，家破人亡。"十年荒于疾病，十年废于遭逢。"只要能拿起手中笔，他就会写作，倾吐心声。历经岁月的洗礼，大浪淘沙，如今他的作品被更多的研究者所称道，为更多的读者所欣赏，曾被他自己定位"我的作品寿命是五十年"的期限已经大大超过，安息于天国的他应感欣慰。

白洋游子　故园情深

由于父亲写过《荷花淀——白洋淀纪事之一》《芦花荡——白洋淀纪事之二》《白洋淀边一次小斗争》《采蒲台的苇》《一别十年同口镇》《白洋淀之曲》（诗歌）《莲花淀》（剧本）等多种文学形式的有关白洋淀的作品，有不少读者误认为他是白洋淀人、衡水人。其实父亲的老家是河北省安平县东辽城村，距离白洋淀还有一段路程。对故乡，12岁就外出求学的父亲一往情深，故乡的乳汁、故乡的恩泽在他身上和作品里都打下了深深的烙印，

"梦里每迷还乡路，愈知晚途念桑梓。"愈到晚年他思乡愈切。父亲家乡临近滹沱河，经常旱涝不收。虽不富庶，但生养之地民风淳朴。在父亲的晚年文字中，《度春荒》《童年漫忆》《蚕桑之事》《听说书》《第一个借给我〈红楼梦〉的人》《贴春联》《父亲的记忆》《母亲的记忆》《老家》《鸡叫》……皆饱含深情。童年与小伙伴们的野地追逐，乡风民俗，老屋炊烟，亲情挚爱，哪一样不让白洋淀游子怦然心动，魂牵梦萦？安平，古称博陵郡，历史悠久，是革命老区，因"众官民安居乐业且地势平坦"而得名。这个吉祥的县名，小时候常听父母念叨。如今的安平县，发生了巨大变化，已成为闻名中外的"丝网之乡"。

如果现在走进河北省安平县父亲的故乡，无处不在的"孙犁故里"安平精神与孙犁精神融为一体，您一定会被这里强烈的爱国爱乡氛围所震撼。"孙犁纪念馆"由前文化部长、著名作家王蒙先生亲题，"纪念孙犁书画苑"由著名作家贾平凹先生亲题。沈鹏、欧阳中石、霍春阳、从维熙、徐光耀、梁晓声等国内180多位著名书画家、作家捐赠作品展出。重新修盖的"孙犁故居"四字匾额由诺贝尔文学奖得主莫言先生亲书。故居内设八块孙犁作品碑林，展示其文学业绩。在安平烈士陵园则有父亲亲手撰书的"英风永续"四个大字，他亲自撰写的《三烈士事略》英烈事迹也垂教后来，诵颂百代。文韵荷香，铁肩担道义，妙手著文章。故乡人民以他为骄傲，这位一生心系故土的作家，家乡人民永远怀念他。

父亲生前极为关心学生教育问题，关心青少年成长环境。他关心家乡子弟读书学习的事迹至今在河北省安平县广为传颂。

父亲一生不喜仕途，远离官场，晚年更是足不出户，囿于耕堂之地，不爱出头露面开会应酬。在天津，对那拿着一沓子钞票找上门来的求他题写饭店匾额的老板拒之门外，一字不供。可他

1983 年为天津市少年儿童基金会捐款 2000 元（那时候写一本散文集稿费是 600 元~700 元，需写一年）。后又将家乡祖产大小五间房屋，片瓦不留，全部捐给乡里办学并捐资；先后为安平中学、安平县"大子文乡中学""孙遥城小学"题写校牌，题字。一方面是对故乡难以割舍的感情，一方面是对家乡莘莘学子的爱护与期望。"祖宗的烙印我是从安平土地上产生出来和走出来的。"父亲如是说。

1953 年，父亲曾回乡为安平中学学生传艺授课，讲《如何写作》之课题，当时有 30 名由学校精挑细选出来的学生听课。回津后，父亲又给学校寄去包括鲁迅、冰心在内的多种经典名著，还有自己的作品。他特别关心县里的文化教育事业，希望县领导千方百计地以教育的繁荣和发展来保证乡亲们尽快地富裕起来，日子一天比一天好。

如今，孙犁先生手持书本 4.6 米高的汉白玉立像矗立在安平中学孙犁广场，长青植物映衬着松柏后凋的品格，黄色的菊花寓意着"人淡如菊"的布衣精神；底座"孙犁"二字由中国作家协会主席铁凝亲题。

水秀地灵华北明珠白洋淀地区曾是冀中抗日根据地，虽然不是父亲的生身之地，但它是父亲重要的第二故乡。正是由于有在白洋淀边一段教书难忘的宝贵的生活经历，才能使父亲在文学生涯里形成了重要的白洋淀系列。1958 年由康耀伯伯帮助病中父亲编辑的《白洋淀纪事》由中国青年出版社出版，初收 54 篇孙犁小说散文，此后多次再版。1981 年 2 月，父亲在为友人姜德明同志所藏精装本《白洋淀纪事》题字时这样写道："君为细心人，此集虽系创作，从中可看到：一九四〇年到一九四八年间，我的经历，我的工作，我的身影，我的心情。实是一本自传的书。"

晚作十种　激浊扬清

"衰病犹怀天下事，老荒未废纸间声。"晚年父亲的《晚华集》《秀露集》《澹定集》《尺泽集》《远道集》《老荒集》《陋巷集》《无为集》《如云集》《曲终集》十种作品集一一问世。他不忘文学的崇高使命与作家的神圣职责，发扬并丰富了我国革命文学的现实主义传统，以深邃之思想，创新之文体，鲜明之艺术风格及炉火纯青之文字，为商品经济下的当代中国读者构筑了一座守望自我与真善美的精神家园。1995年5月30日，父亲在耕堂亲自抄录了作家曾镇南先生写给他的一本嵌十本小书名的五言诗，并送给了我。

父亲录后写道："余衰病之年，曾君镇南屡作关怀之辞，近又作五言一首嵌拙作十书于内，诗有魏晋风神，声音清越，喜而录之。"

那天上午，父亲抄录完此诗受到鼓舞，心情喜悦，连年劳苦不觉一扫，顺手将此书幅递给了我，今愈知其宝贵胜金。父乃谦谦君子，没有张扬发表造势之意，唯有默默留作纪念之心。经自己练笔多年感悟，方知父亲连续奋战十三个春秋，孜孜矻矻、不眠不休、日夜兼程、焚膏继晷之万般辛劳。

淡泊名利　德谦行逊

回眸历史，70年前，1945年5月15日（当时报纸上刊登的是"中华民国三十四年"），在延安《解放日报》当天报纸第四版右上角登出一篇五千字左右的小说，题目是《荷花淀——白洋淀纪事之一》，版式竖排。开篇那段著名的"月亮升起来，院子里凉爽得很，干净得很，白天破好的苇眉子潮润润的，正好编苇。苇眉子又滑又细，在她怀里跳跃着……"伴着诗一样的语句，一个质朴、宁静、勤劳、柔美的冀中青春妇女形象一下子跃入人们的眼帘……一个富有传奇人生色彩、将生命附丽于文学的作者瞬间迸发出耀眼的光华。那简洁明快的语言，那巧妙的构思，那充满浓郁的生活气息的对话，那新鲜的创作手法，尤其出自年轻的妻子们口中的埋怨与谑语，更是出神入化，令人称绝。这篇小说不仅是一首令人心神陶醉的抒情乐曲，而且称得上是一支振奋人心鼓舞斗志的战歌。

不同凡响的稿件犹如一块石头投入平静的湖水，激起不小的浪花，当副刊编辑方纪拿到这篇稿件时高兴得差点儿就跳了起来，报社整个编辑部都为之轰动。发表后，更是好评如潮。随着美誉传陕北，人们知道了作者的名字，这是接受上级命令奉调从冀中步行千里奔赴抗日中心的一名原华北抗日联大的教员，他现在是延安鲁艺的研究生，第六期的学员，他的名字叫"孙犁"。这位从冀中走来的年轻作者，从此蜚声文坛。"清新庾开府，俊逸鲍参军"，兼有现实主义与浪漫主义美学风格的《荷花淀》迅速被重庆《新华日报》和解放区的各报相继转载，新华书店和香港书店又分别收集了他的其他作品出版了《荷花淀》小说散文集。此后以《荷花淀》命名的版本不断问世，至今印刷不衰。

凡读过此文的读者，总有这样深切的感受，爱国的情怀充溢着身心；浓密的芦苇是军民筑起的长城；挺出水面的荷箭，是射向日本侵略者的武器；小船上几个年轻妇女，正警觉着四周动静；潜伏在硕大荷叶下的八路军战士正准备开展一场针对鬼子的生死歼灭战。

至今，《荷花淀》巨幅彩色壁画陈列在中国现代文学馆大厅显著位置，彰显着这篇文学经典与作者在中国当代文学史上的地位。《荷花淀》不是从血与火、你死我活的残酷战争场面，而是从人性美人情美的另一个角度解读人民战争。它不仅以它独有的艺术魅力吸引着几代读者阅读、欣赏，更是列入了全国语文统编教材和大学文科现代文学必读书目；也曾多次列入中学语文课本，而今正向青少年阅读领域迈进。

据我所知，1945年在延安，毛主席读了刊登在《解放日报》上的短篇小说《荷花淀》之后，用铅笔在报纸边白上写下"这是一个有风格的作家"给予赞赏。

我十几岁时有幸与父亲就《荷花淀》的写作问题进行过面对面的交流，那简短的对话成为我向父亲求教写作知识最珍贵的记忆。他那从容的回答，喜悦的神情，受了赞扬有些腼腆的样子，深深地印在女儿心里。我总的感觉是他在西北风沙很大的黄土坡上写了淀水荷花，所以延安的人们喜欢看；他在"那里的作家都不怎么写"的情况下（刚整风完）标新立异，所以受稀罕；当时他写作条件不好，可是写得很顺，得心应手，一气呵成。父亲的原话是："在窑洞里，就那么写出来了，连草稿也没打。"对名著的诞生，他说得轻如风淡如水，没有标榜，没有炫耀，没有拔高，没有自得。

20世纪40年代，父亲的《丈夫》和《区村和连队的文学写作课本》获晋冀边区文联鲁迅文艺奖；20世纪80年代父亲荣获全国老编辑荣誉奖，1986年11月获全国新闻工作者协会荣誉证书；1989年4月《孙犁散文选》荣获全国优秀散文（集）、杂文（集）荣誉奖；1983年至1988年，《远道集》《谈作家的素质》《耕堂序跋》连续三次获天津市鲁迅文艺奖；1986年至1990年，《谈照相》《一个朋友》《近作之写》等三次获《羊城晚报·花地》佳作奖。1995年8月15日，中共天津市委宣传部在纪念抗战胜利和反法西斯战争胜利50周年之际，为表彰他自抗日战争以来为革命文艺工作做出的贡献，颁发给他"抗战文艺老战士"荣誉证书。这些荣誉父亲生前从没跟我提起过，是我整理他的遗物时收集的。

大约 1996 年、1997 年前后，有一次父亲跟我说："我不同意'南有谁谁，北有谁谁'的说法。人家是人家，我是我。"据我所知，"南有某某，北有某某"在戏剧界、美术界早有这种提法，如"南有麒麟童，北有马连良""南有张大千，北有溥心畬"等等。凡能有这种提法的，都是名气非常大、艺术造诣极深的人物。"南有巴金，北有孙犁"这一盛誉谁不景仰？而父亲坚决不接受这种提法。他觉得巴金先生那么大成就，自己比不了。如同他坚决不同意说他是"荷花淀派"创始人的说法一样，对别人求之不得送上门的顶级荣誉他拒不接受。1962 年，49 岁的父亲便写过《自嘲》这首诗："小技雕虫似笛鸣，惭愧大锣大鼓声。影响沉没噪音里，滴澈人生缝罅中。"他敢于把自己一生中的不足、缺点都写进文章，谦谨好学、不浮不躁、实事求是伴随了他的一生。他把自己看作一滴水，只有融入江河，流向大海才不会枯竭。

桃李不言　下自成蹊

2011 年 11 月 5 日，由中国报纸副刊学会与天津日报社联合主办的"2011 孙犁报纸副刊编辑奖"在天津静海县颁奖。这也是天津文艺界、新闻界的一份荣光。父亲虽然离开了我们，但他甘为他人做嫁衣、甘为人梯、做铺路石的无私奉献精神将激励副刊工作者奋发向前，创造辉煌。

进城后，父亲是《天津日报》的创始人之一，在长期从事文艺副刊编辑工作中，倾注心血培育新苗，他以《天津日报·文艺周刊》为园地，与同仁共同培养了很多文学幼苗成长为参天大树，已成文坛佳话。但他从不以文坛伯乐自居，更不当状元的老师。看到年轻人从自己这个低栏跳过，他由衷地感到高兴。他以书信为载体，与多位青年作家、编辑保持联系，对他（她）们进行写作上的鼓励，被誉为"我国报刊史上一代编辑典范"。

父亲愿化作"尺泽"，润泽过往善良的鸟兽，他的这种精神，就是奉献精神，园丁精神。2013年，著名作家从维熙先生在为拙作《逝不去的彩云》一书所作序中写道："从文学的视角去寻根，我也是孙犁这棵文学巨树的一片树叶。孙犁作品不仅诱发我在青年时代拿起笔来，而且在我历经冰霜雨雪之后，是继续激励我笔耕至今的一面旗帜。不只我一个人受其影响，而踏上了文学笔耕之路，仔细盘点一下，真是可以编成一个文学方阵了——这是老一代作家中罕见的生命奇迹。"

一生爱书　不离不弃

父亲深厚的文化积淀与广博的学养来源于中外优秀典籍之馈赠。与父亲在一个城市共同生活这么多年，感受最深的是他对书的感情。

他对书一往情深，从年轻时脖颈上套着装有鲁迅先生作品的布包行军打仗、跋山涉水，与身上背的干粮、墨水瓶一样行止与俱，有空就读，到老年坐拥书城，满室书香，每本心爱之书不是有书衣便是有书套，舒舒服服待在书柜里，他为之掸尘、补缺，他为书衣写字题跋，视若"红颜知己"，不离不弃，白头偕老。他与书是一生结缘、心心相印。

他嗜书如命、喜欢读书仿佛是与生俱来的。我母亲说他对书"轻拿轻放，拿拿放放""最待见书"。他自己跟我说，报社爱打扑克的人有句口头禅：孙犁搬家——净书（输）。

好的书籍对于父亲不是消遣、不是娱乐，他自己曾写过：书给他以憧憬，给他以营养，给他以力量，给他以启示，使他奋发，使他前面有希望，使他思想升华……他视好的书籍为指路明灯、精神的栖息地。

在艺术探索的道路上，父亲就像摆在他书柜上的那匹驮着绿色水囊的唐三彩骆驼一样，不畏艰难，跋涉大漠，仰天长啸，奋勇直前。父亲晚年独居静室，"素处以默，妙机其微，饮之太和"，广泛吸收着中华典籍丰美优良的传统文化精华，自由翱翔于文字时空，沉浸于清纯、悠远的创作境界。

父亲是令人钦敬有真才实学的学者型作家，德、才、学、识兼备，集小说家、散文家、理论家、批评家、诗人于一身，有多方面的艺术才能。他的文艺理论、文艺批评见解精湛，读其文论"可兼得学问、见识、文采三者之美"。一些精辟、精彩之句，常为文学爱好者背诵摘抄、引用学习，成为文学入门必读之章。他的大量有关读书的文章深入浅出、观古知今，文字清峻古朴，有浓郁的文人气质，有其独特的艺术欣赏趣味。

他的诗歌有散文之美，以记事为主，发哲人之思，是他"处世的情怀之作"。父亲从小便与诗词相伴，读诗、写诗求知萤火边。早年流浪北平，他获得的第一笔稿费五角钱也是因诗而得。他的诗中我最喜欢《自嘲》《悼念小川》及《大星陨落》《生辰自述》中的四言诗。其古体诗《悼内子》是写给我母亲的，令我今生难忘永怀于心。"雕虫蒙记忆，烹鲤问沉绵"，他的书信近年被广泛搜集，通信人众多，友人、作家、文学评论家、编辑、文学爱好者、同学、青年学生、家乡校长、县领导等等，内容极为丰富，其中有多封涉及文学创作方面的交流探讨，尤为可贵。

他的"芸斋小说"，是个人切身经历的情感体验。还有不少的杂文、随笔，以犀利的笔法，剖析国民品性，针砭假恶丑，呼唤真善美的回归。

彩云即使随风流散，也会化作春雨润物细无声；飘落的黄叶，即使归入泥土，也会化作春泥护花红……

2015年5月23日是父亲生辰之日，如果他还活着，是102岁。他属牛，笔名芸夫，他一生就像一位田间戴笠的老农执犁扶耧，不怕风吹日晒，不惧冰雹霜雨，默默耕耘，春种秋收。"文章能取信于当世，方能传世于后代。"我相信他用毕生心血汗水凝结不欺人、不自欺的心灵文字，充满"真诚善意，名识远见，良知良能，天籁之音"的道德文章，会继续散发出人品与文品完美结合之双重魅力，润泽滋养更多读者的心灵，为书香社会增添正能量，引导更多的文学爱好者走进文学曲径通幽、姹紫嫣红的艺术园林。

2015年4月28日

目　　录

戏的梦 ……………………………………………………… 1

戏的续梦 …………………………………………………… 10

书的梦 ……………………………………………………… 14

画的梦 ……………………………………………………… 20

青春余梦 …………………………………………………… 24

芸斋梦余 …………………………………………………… 27

秋凉偶记 …………………………………………………… 30

成活的树苗 ………………………………………………… 34

火　炉 ……………………………………………………… 36

窗　口 ……………………………………………………… 38

眼　睛 ……………………………………………………… 46

海　边 ……………………………………………………… 48

希　望

　　——七十自寿 ………………………………………… 52

度春荒 ……………………………………………………… 57

凤池叔 ……………………………………………………… 59

干　巴 ……………………………………………………… 62

玉华婶···65

疤增叔···68

秋喜叔···70

新春怀旧··72

小　贩···77

老同学···80

暑期杂记··83

故园的消失···86

芸斋琐谈··89

我的绿色书···102

书衣文录··104

病期经历··109

心脏病···120

忆梅读《易》··124

清明随笔

　　——忆邵子南同志·······································128

回忆沙可夫同志··134

回忆何其芳同志··139

悼念田间··143

关于丁玲··146

悼康濯···149

记陈肇···152

记老邵···155

悼曼晴···160

编后记···163

戏　的　梦

大概是一九七二年春天吧，我"解放"已经很久了，但处境还很困难，心情也十分抑郁。于是决心向领导打一报告，要求回故乡"体验生活，准备写作"。幸蒙允准。一担行囊，回到久别的故乡，寄食在一个堂侄家里。乡亲们庆幸我经过这么大的"运动"，安然生还，亲戚间也携篮提壶来问。最初一些日子，心里得到不少安慰。

这次回老家，实际上是像鲁迅说的，有一种动物，受了伤，并不嗥叫，挣扎着回到林子里，倒下来，慢慢自己去舔那伤口，求得痊愈和平复。

老家并没有什么亲人，只有叔父，也八十多岁了。又因为青年时就远离乡土，村子里四十岁以下的人，对我都视若陌生。

这个小村庄，以林木著称，四周大道两旁，都是钻天杨，已长成材。此外是大片大片柳杆子地，以经营农具和编织副业。靠近村边，还有一些果木园。

侄子喂着两只山羊，需要青草。烧柴也缺。我每天背上一个柳条大筐，在道旁砍些青草，或是捡些柴棒。有时到滹沱河的大堤上去望望，有时到附近村庄的亲戚家走走。

又听到了那些小鸟叫；又听到了那些草虫叫；又在柳林里拣到

了鸡腿蘑菇；又看到了那些黄色紫色的野花。

一天中午，我从野外回来，侄子告诉我，镇上传来天津电话，要我赶紧回去，电话听不清，说是为了什么剧本的事。

侄子很紧张，他不知大伯又出了什么事。我一听是剧本的事，心里就安定下来，对他说：

"安心吃饭吧，不会有什么变故。剧本，我又没发表过剧本，不会再受批判的。"

"打个电话去问问吗？"侄子问。

"不必了。"我说。

隔了一天，我正送亲戚出来，街上开来一辆吉普车，迎面停住了。车上跳下一个人，是我的组长。他说，来接我回天津，参加创作一个京剧剧本。各地都有"样板戏"了，天津领导也很着急。京剧团原有一个写抗日时期白洋淀的剧本，上不去。因我写过白洋淀，有人推荐了我。

组长在谈话的时候，流露着一种神色，好像是为我庆幸：领导终于想起你来了。老实讲，我没有注意去听这些。剧本上不去找我，我能叫它上去？我能叫它成了样板戏？

但这是命令，按目前形势，它带有半强制的性质。第二天我们就回天津了。

回到机关，当天政工组就通知我，下午市里有首长要来，你不要出门。这一通知，不到半天，向我传达三次。我只好在办公室呆呆坐着。首长没有来。

第二天，工作人员普遍检查身体。内、外科，脑系科，耳鼻喉科，楼上楼下，很费时间。我正在检查内科的时候，组里来人说：市文教组负责同志来了，在办公室等你。我去检查外科，又来说一次，我说还没检查牙。他说快点吧，不能叫负责同志久等。我说，快慢在医生那里，我不能不排队呀。

医生对我的牙齿很夸奖了一番，虽然有一颗已经叫虫子吃断了。医生向旁边几个等着检查的人说：

"你看，这么大的年岁，牙齿还这样整齐，卫生工作一定做得好。运动期间，受冲击也不太大吧？"

"唔。"我不知道牙齿整齐不整齐，和受冲击大小，有何关联，难道都要打落两颗门牙，才称得上脱胎换骨吗？我正惦着楼上有负责同志，另外，嘴在张着，也说不清楚。

回到办公室，组长已经很着急了。我一看，来人有四五位。其中有一个熟人老王，向一位正在翻阅报纸的年轻人那里努努嘴。暗示那就是负责同志。

他们来，也是告诉我参加剧本创作的事。我说知道了。

过了两天，市里的女文教书记，真的要找我谈话了，只是改了地点，叫我到市委机关去。这当然是隆重大典，我们的主任不放心，亲自陪我去。

在一间不大不小的会议室里，我坐了下来。先进来一位穿军装的，不久女书记进来了。我和她在延安做过邻居，过去很熟，现在地位如此悬殊，我既不便放肆，也不便巴结。她好像也有点矛盾，架子拿得太大，固然不好意思，如果一点架子也不拿，则对于旁观者，起码有失威信。

总之，谈话很简单，希望我帮忙搞搞这个剧本。我说，我没有写过剧本。

"那些样板戏，都看了吗？"她问。

"唔。"我回答。其实，罪该万死，虽然在这些年，样板戏以独霸中夏的势焰，充斥在文、音、美、剧各个方面，直到目前，我还没有正式看过一出、一次。因为我已经有十几年不到剧场去了，我有一个收音机，也常常不开。这些年，我特别节电。

一天晚上，去看那个剧本的试演。见到几位老熟人，也没有谈什么，就进了剧场。剧场灯光暗淡，有人扶持了我。

这是一本写白洋淀抗日斗争的京剧。过去，我是很爱好京剧的，在北京当小职员时，经常节衣缩食，去听富连成小班。有些年，也很喜欢唱。

今晚的印象是：两个多小时，在舞台上，我既没有能见到白洋淀当年抗日的情景，也没有听到我所熟悉的京戏。

这是"京剧革命"的产物。它追求的，好像不是真实地再现历史，也不是忠实地继承京剧的传统，包括唱腔和音乐。它所追求的，是要和样板戏"形似"，即模仿"样板"。它的表现特点为：追求电影场面，采取电影手法，追求大的、五光十色的、大轰大闹、大哭大叫的群众场面。它变单纯的音乐为交响乐队，瓦釜雷鸣。它的唱腔，高亢而凄厉，冗长而无味，缺乏真正的感情。演员完全变成了政治口号的传声筒，因此，主角完全是被动的、矫揉造作的，是非常吃力、也非常痛苦的。繁重的唱段，连续的武打，使主角声嘶力竭，假如不是青年，她会不终曲而当场晕倒。

戏剧演完，我记不住整个故事的情节，因为它的情节非常支离；也唤不起我有关抗日战争的回忆，因为它所写的抗日战争，完全不是那么回事，甚至可以说是不着边际。整个戏锣鼓喧天，枪炮齐鸣，人出人进，乱乱哄哄。不知其何以开始，也不知其何以告终。

第二天，在中国大戏院休息室，开座谈会，我准备了一个发言提纲。参加会的人很不少，除去原有创作组、主要演员、剧团负责人，还有文化局负责人、文化口军管负责人。《天津日报》还派去了一位记者。

我坐在那里，斟酌我的发言提纲。忽然，坐在我旁边的文化局负责人，推了我一下。我抬头一看，女书记进来了，全场的人都站了起来，我也跟着站了起来。女书记在我身边坐下，会议开始。

在会上，我谈了对这个戏的印象，说得很缓和，也很真诚。并谈了对修改的意见，详细说明当时冀中区和白洋淀一带，抗日战争的形势，人民斗争的特点，以及敌人对这一地区残酷"扫荡"的情况。

大概是因为我讲的时间长了一些，别的人没有再讲什么，女书记作了一些指示，就散会了。

后来我才知道，昨天没有人讲话，并不是同意了我的意见。在以后只有创作组人员参加的讨论会上，旧有成员，开始提出了反对意见，并使我感到，这些反对意见，并不纯粹属于创作方面，而是暗示：一、他们为这个剧本，已经付出了很长的时间和很大的精力，如果按照我的主张，他们的剧本就要从根本上推翻。二、不要夺取他们创作样板戏可能得到的功劳。三、我是刚刚受过批判的人物，能算老几。

我从事文艺工作，已经有几十年。所谓名誉，所谓出风头，也算够了。这些年，所遭凌辱，正好与它们抵消。至于把我拉来写唱本，我也认为是修废利旧，并不感到委屈。因此，我对这些富于暗示性的意见，并不感到伤心，也不感到气愤。它使我明白了文艺创作的现状。使我奇怪的是，这个创作组，曾不只一次到白洋淀一带，体验生活，进行访问，并从那里弄来一位当年的游击队长，长期参与他们的创作活动。为什么如此无视抗日战争的历史和现实呢？这位游击队长，战斗英雄，为什么也尸位素餐，不把当年的历史情况和自己的亲身经历，告诉他们呢？

后来我才明白，一些年轻人，一些"文艺革命"战士，只是一心要"革命"，一心创造样板，已经迷了心窍，是任何意见也听不进去的。

不知为了什么，军管人员在会上支持我的工作，因此，剧本讨论仍在进行。

这就是目前大为风行的集体创作：每天大家坐在一处开会，今天你提一个方案，明天他提一个方案，互相抵消，一事无成。积年累月，写不出什么东西，就不足为怪了。

夏季的时候，我们到白洋淀去。整个剧团也去，演出现在的剧本。

我们先到新安，后到王家寨，这是淀边上一个比较大的村庄。我住在村南头（也许不准确，因为我到了白洋淀，总是转向，过去就发生过方向错误）一间新盖的、随时可以放眼水淀的、非常干净的小房里。

房东是个老实的庄稼人。他的爱人，比他年轻好多，非常精明。他家有几个女儿，都长得秀丽，又都是编席快手，一家人生活很好。但是，大姑娘已经年近三十，还没有订婚，原因是母亲不愿失去她这一双织席赚钱的巧手。大姑娘终日默默不语。她的处境，我想会慢慢影响下面那几个逐年长大的妹妹。母亲固然精明，这个决策，未免残酷了一点。

在这个村庄，我还认识了一位姓魏的干部。他是专门被派来招呼剧团的，在这一带是有名的"瞎架"。起先，我不知道这个词儿，后来才体会到，就是好摊事管事的人。凡是大些的村庄，要见世面，总离不开这种人。因为村子里的猪只到处跑，苍蝇到处飞，我很快就拉起痢来，他对我照顾得很周到。

住了一程子，我们又到了郭里口。这是淀里边的一个村庄，当时在生产上，好像很有点名气，经常有人参观。

在大队部，村干部为我们举行了招待会，主持会的是村支部宣传委员刘双库。这个小伙子，听说在新华书店工作过几年，很有口才，还有些派头。

当介绍到我，我说要向他学习时，他大声说："我们现在写的白洋淀，都是从你的书上抄来的。"使我大吃一惊。后来一想，他的话恐怕有所指吧。

当天下午，我们坐船去参观了他们的"围堤造田"。现在，白洋淀的水，已经很浅了，湖面越来越小。芦苇的面积，也有很大缩减，荷花淀的规模，也大不如从前了。正是荷花开放的季节，我们的船从荷丛中穿过去。淀里的水，不像过去那样清澈，水草依然在水里浮荡，水禽不多，鱼也很少了。

确是用大堤围起了一片农场。据说，原是同口陈调元家的苇荡。

实际上是苇荡遭到了破坏。粮食的收成，不一定抵得上苇的收成，围堤造田，不过是个新鲜名词。所费劳力很大，肯定是得不偿失的。

随后，又组织了访问。因为剧本是女主角，所以访问了抗日战争时期的几位妇救会员，其中一位名叫曹真。她已经四十多岁了。她的穿着打扮，还是三十年代式：白夏布短衫，长发用一只卡子束拢，搭在背后。抗日时，她是一位十八九岁的姑娘，在芦苇淀中的救护船上，她曾多次用嘴哺喂那些伤员。她的相貌，现在看来，也可以说是冀中平原的漂亮人物，当年可想而知。

她在二十岁时，和一个区干部订婚，家里常常掩护抗日人员。就在这年冬季，敌人抓住了她的丈夫，在冰封的白洋淀上，砍去了他的头颅。她，哭喊着跑去，收回丈夫的尸首掩埋了。她还是做抗日工作。

全国胜利以后，她进入中年，才和这村的一个人结了婚。她和我谈过往事，又说：胜利以后，村里的宗派斗争，一直很厉害，前些年，有二十六名老党员，被开除党籍，包括她在内。现在，她最关心的，是什么时候才能解决她们的组织问题。她知道，我是无能为力的，她是知道这些年来老干部的处境的。但是，她愿意和我谈谈，因为她知道我曾经是抗日战士，并写过这一带的抗日妇女。

在她面前，我深感惭愧。自从我写过几篇关于白洋淀的文章，各地读者都以为我是白洋淀人，其实不是，我的家离这里还很远。

另外，很多读者，都希望我再写一些那样的小说。读者同志们，我向你们抱歉，我实在写不出那样的小说来了。这是为什么？我自己也说不出。我只能说句良心话，我没有了当年写作那些小说时的感情，我不愿用虚假的感情，去欺骗读者。那样，我就对不起坐在对面的曹真同志。她和她的亲人，在抗日战争时期，是流过真正的血和泪的。

这些年来，我见到和听到的，亲身体验到的，甚至刻骨镂心的，是另一种现实，另一种生活。它与抗日战争时期的现实生活，大不一样，甚至相反。抗日战争，是中国共产党领导的一种神圣的战争。人民作出了重大的牺牲。他们的思想、行动升到无比崇高的境界。生活中极其细致的部分，也充满了可歌可泣的高尚情操。

这些年来，林彪等人，这些政治骗子，把我们的党，我们的国家，我们的干部和人民，践踏成了什么样子！他们的所作所为，反映到我脑子里，是虚伪和罪恶。这种东西太多了，它们排挤、压抑，直至销毁我头脑中固有的，真善美的思想和感情。这就像风沙摧毁了花树，粪便污染了河流，鹰枭吞噬了飞鸟。善良的人们，不要再责怪花儿不开、鸟儿不叫吧！它受的伤太重了，它要休养生息，它要重新思考，它要观察气候，它要审视周围。

我重游白洋淀，当然想到了抗日战争。但是这一战争，在我心里好像是很久很久以前的事了。它好像是在前一生经历的，也好像是在昨夜梦中经历的。许多兄弟，在战争中死去了，他们或者要渐渐被人遗忘。另有一部分兄弟，是在前几年含恨死去的，他们临死之前，一定也想到过抗日战争。

世事的变化，常常是出于人们意料之外的。每个时代，有每个时代的血和泪。

坐在我面前的女战士，她的鬓发已经白了，她的脸上，有很深的皱纹，她的心灵之上，有很重的创伤。

假如我把这些感受写成小说，那将是另一种面貌，另一种风格。我不愿意改变我原来的风格，因此，我暂时决定不写小说。

但是现在，我身不由主，我不得不参加这个京剧脚本的讨论。我们回到天津，又讨论了很久，还是没有结果。我想出一个金蝉脱壳之计：自己写一个简单脚本，交上去，声明此外已无能为力。

我对京剧是外行，又从不礼拜甚至从不理睬那企图支配整个民族文化的"样板戏"，剧团当然一字一句也没有采用我的剧本。

一九七九年五月二十五日

戏 的 续 梦

　　过去，我写过一篇《戏的梦》，现在写《戏的续梦》。

　　俗话儿说，"隔行如隔山"；又说，"这行看着那行高"。的确不错。比如说，我是写文章的，却很羡慕演员，认为他们的生活，他们的艺术，神秘无比。对话剧、电影演员，倒没有什么，特别羡慕京剧演员，尤其是女演员。在我童年的时候，乡下的戏班，已经有了坤角儿，她们的演出，确实是引人入迷的。在庙会大戏棚里，当坤角儿一上场，特别是当演《小放牛》这类载歌载舞的戏剧时，那真称得起万头攒动，如醉如狂。从这个印象出发，后来我就特别喜欢看花旦和武旦的戏，女扮男装的戏，比如《辛安驿》呀，《铁弓缘》呀，《虹霓关》呀等等。

　　三十年代初，我在北京当小职员，每月十八元钱，还要交六元钱的伙食费。但到了北京，如果不看戏，那不是大煞风景吗？因此，我每礼拜必定看一次京戏。那时北京名角很多，我不常去看，主要是看富连成和中华戏剧学校小科班的"日场戏"，每次花三四角钱，就可以了。

　　中华戏剧学校演出的地点，是东安市场的吉祥剧场。

　　在这里，我看过无数次的戏，这个科班的"德和金玉"四班学生，我都看过。直到现在，还记得他们的名字。

每次散戏出场，我还恋恋不舍，余音缭绕在我的脑际。看到停放在市场大门一侧的、专为接送戏校演员的、那时还很少见到的、华贵排场的大轿车，对于演员这一行，就尤其感到羡慕不已了。

后来回到老家参加游击队打日本，就再也看不到京戏。庙会没有了，有时开会演些节目，都是外行强登台，文场没有文场，武场没有武场，实在引不起我这看过真正京戏的人的兴趣。

地方上原来也有几个京剧演员，其中也有女演员，凡有些名声的，这时都躲到大城市混饭吃去了。有一年春节，我们驻扎在保定附近一个村庄，听说这村里有一个唱花旦的女演员，从保定回来过节，我们曾想把她动员过来，给我们演几段戏。还没有计议好，人家就听到了风声，连夜逃回保定去了。

一九七二年春天，在一种特殊的情况下，我认识了一位演花旦和能反串小生的青年女演员。说是认识，也没有说过多少话。只是在去白洋淀体验生活时，我和她同坐一辆车。这可能是剧团对我们的优待，因为她是这个剧团的主要演员，我是新被任命的顾问，并被人称做首席顾问。虽然当了顾问，比过去当牛鬼蛇神稍微好听了一点，实际处境还是很糟。比如出发的这天早晨，家里有人还对我表示了极端的不尊重，我带着一肚子闷气上了车，我右边座位上就是这位女演员。

我上车来，她几乎没有任何表示，头一直望着窗外。我也没有说话，车就开动了。这是一辆北京牌吉普车，开车的是一位原来演武生，跌伤了腿，改学司机的青年。一路上，车开得很快，我不知道多么快，反正是风驰电掣、腾云驾雾一般。我想：不是改行，他满可以成为一名骆连翔式的"勇猛武生"。如果是现在，我一定要求他开慢一点，但在那个年月，我的经验是处处少开口为妙。另外，经过几年的摔打，什么危险，我也有些不在乎了。

路经保定，车辆到齐，要吃午饭，我提出开到一个好些的饭店门口，我请客。我觉得这是责无旁贷的事，却也没有人对我表示感谢。其实好些的饭店，也不过是卖炒饼，而饼又烙得厚，切得块大，炒得没滋味。饭后每人又喝了一碗所谓木樨汤。

然后又上路，到了新安县，天还早，在招待所休息一下，我们编剧组又一同绕着城墙，散步一番。我不记得当时这位女演员说过什么话。她穿得很普通，不上台，谁也看不出她是个演员来，这也是"文化革命"的结果。

听说，她刚刚休完产假。把孩子放在家里，有些不放心吧。她担任的那个主角，又不好演，唱段、武打很多，很是吃力。她虽然是主角，但她在台上，我看不到过去的花旦、武旦的可爱形象。她那一头短发，一身短袄裤，一顶戴在头上的破军帽，一支身上背的木制盒子枪，一举一动，都使旧有的京剧之美，女角之动人，在我的头脑里破灭了。可惜新的京剧之美，英雄之美，并没有在旧的基础上滋生出来。

在那些时候，我惊魂不定，终日迷迷惘惘，什么也不愿去多想，沉默寡言、应付着过日子。周围的人，安分守己的人，也都是这样过日子。不久，我得了痢疾，她和另外两位女演员，到我的住处看望我，这可能是奉领导之命，还提出要为我洗衣服，我当然不肯，向她们表示了谢意。

我们常常到外村体验生活，都是坐船去。有一次回来时天晚了，烟雾笼罩着水淀，我和这位演员坐在船头上，我穿着单衣，身上有些冷，从书包里取出一件棉背心，套在外面，然后又没精打采地蜷缩在那里。可能是这种奇怪的穿衣法，引起了她的兴致；也可能是想给她身边这位可怜的顾问增添点乐趣，提提精神，驱除寒冷，她忽然用京剧小生的腔调，笑了几声，使整个水淀都震荡，惊起几只水鸟，我才真正地欣赏了她的京剧才能，并感到了她对我的真诚的好意。

那些年月，对于得意或失意的人，成功或失败的人，造反或打倒的人，生者或死者，都算过去了，过去很久了。我也更衰老了，但心里保留了一幅那个年月人与人的关系的图表。因此，这些情景，还记得很清楚。

我十二岁的时候，父亲给我买了一本《京剧大观》，使我对京剧有了一些知识。在我流浪时，从军时，一个人苦闷或悲愤，徘徊或跋涉时，我都喊过几句京戏。在延安窑洞里，我曾请一位经过名师传授的同志去教我唱，因此对她产生了爱慕之情，并终于形成了痛苦的结果。在农村工作时，我常请一些民间乐手为我操琴，其实我唱得并不好。后来终于有机会和这个剧团的内行专家们，共同生活了几个月，虽然时候赶得不好，但也平平安安，相安无事。

今年春天，忽然有一位唱花脸的同志来看我，谈起了这段往事。我送给他一本书，随后又拿了一本，请他送给那位女演员。

一九八四年三月七日

书 的 梦

到市场买东西，也不容易。一要身强体壮，二要心胸宽阔。因为种种原因，我足不入市，已经有很多年了。这当然是因为有人帮忙，去购置那些生活用品。夜晚多梦，在梦里却常常进入市场。在喧嚣拥挤的人群中，我无视一切，直奔那卖书的地方。

远远望去，破旧的书床上好像放着几种旧杂志或旧字帖。顾客稀少，主人态度也很和蔼。但到那里定睛一看，却往往令人失望，毫无所得。

按照弗洛伊德的学说，这种梦境，实际上是幼年或青年时代，残存在大脑皮质上的一种印象的再现。

是的，我梦到的常常是农村的集市景象：在小镇的长街上，有很多卖农具的，卖吃食的，其中偶尔有卖旧书的摊贩。或者，在杂乱放在地下的旧货中间，有几本旧书，它们对我最富有诱惑的力量。

这是因为，在童年时代，常常在集市或庙会上，去光顾那些出售小书的摊贩。他们出卖各种石印的小说、唱本。有时，在戏台附近，还会遇到陈列在地下的，可以白白拿走的，宣传耶稣教义的各种圣徒的小传。

在保定上学的时候，天华市场有两家小书铺，出卖一些新书。

在大街上，有一种当时叫作"一折八扣"的廉价书，那是新旧内容的书都有的，印刷当然很劣。

有一回，在紫河套的地摊上，买到一部姚鼐编的《古文辞类纂》，是商务印书馆的铅印大字本，花了一圆大洋，这在我是破天荒的慷慨之举。又买了二尺花布，拿到一家裱画铺去做了一个书套。但保定大街上，就有商务印书馆的分馆，到里面买一部这种新书，所费也不过如此，才知道上了当。

后来又在紫河套买了一本大字的夏曾佑撰写的《中国历史教科书》（就是后来的《中国古代史》），也是商务排印的大字本，共两册。

最后一次逛紫河套，是一九五二年。我路过保定，远千里同志陪我到"马号"吃了一顿童年时爱吃的小馆，又看了"列国"古迹，然后到紫河套。在一家收旧纸的店铺里，远买了一部石印的《李太白集》。这部书，在远去世后，我在他的夫人于雁军同志那里还看见过。

中学毕业以后，我在北平流浪着。后来，在北平市政府当了一名书记。这个书记，是当时公务人员中最低的职位，专事抄写，是一种雇员，随时可以解职的，每月有二十元薪金。在那里，我第一次见到了旧官场、旧衙门的景象。那地方倒很好，后门正好对着北平图书馆。我正在青年，富于幻想，很不习惯这种职业。我常常到图书馆去看书。到北新桥、西单商场、西四牌楼、宣武门外去逛旧书摊。那时买书，是节衣缩食，所购完全是革命的书。我记得买过六期《文学月报》，五期《北斗》杂志，还有其他一些革命文艺期刊，如《奔流》《萌芽》《拓荒者》《世界文化》等。有时就带上这些刊物去"上衙门"。我住在石附马大街附近，东太平街天仙庵公寓，那里的一位老工友，见我出门，就如此恭维。好在科里都是一些混饭吃、不读书的人，也没人过问。

我们办公的地方，是在一个小偏院的西房。这个屋子里最高的职位，是一名办事员，姓贺。他的办公桌摆在靠窗的地方，而且也只有他的桌子上有块玻璃板。他的对面也是一位办事员，姓李，好像和市长有些瓜葛，人比较文雅。家就住在府右街，他结婚的时候，我随礼去过。

我的办公桌放在西墙的角落里，其实那只是一张破旧的板桌，根本不是办公用的，桌子上也没有任何文具，只堆放着一些杂物。桌子两旁，放了两条破板凳，我对面坐着一位姓方的青年，是破落户子弟。他写得一手好字，只是染上了严重的嗜好。整天坐在那里打盹，睡醒了就和我开句玩笑。

那位贺办事员，好像是南方人，一上班嘴里的话是不断的，他装出领袖群伦的模样，对谁也不冷淡。他见我好看小说，就说他认识张恨水的内弟。

很久我没有事干，也没人分配给我工作。同屋有位姓石的山东人，为人诚实，他告诉我，这种情况并不好，等科长来考勤，对我很不利。他比较老于官场，他说，这是因为朝中无人的缘故。我那时不知此中的利害，还是把书本摆在那里看。

我们这个科是管市民建筑的。市民要修房建房，必须请这里的技术员，去丈量地基，绘制蓝图，看有没有侵占房基线。然后在窗口那里领照。

我们科的一位股长，是一个胖子，穿着蓝绸长衫，和下僚谈话的时候，老是把一只手托在长衫的前襟下面，做撩袍端带的姿态。他当然不会和我说话的。

有一次，我写了一个请假条寄给他。我虽然看过《酬世大观》，在中学也读过陈子展的《应用文》，高中时的国文老师，还常常把他替要人们拟的公文，发给我们当作教材。但我终于在应用时把"等因奉此"的程式用错了。听姓石的说，股长曾拿到我们屋里，朗诵取笑。股长有一个干儿，并不在我们屋里上班，却常常到我们屋里瞎串。

这是一个典型的京华恶少，政界小人。他也好把一只手托在长衫下面，不过他的长衫，不是绸的，而是蓝布，并且旧了。有一天，他又拿那件事开我的玩笑，激怒了我，我当场把他痛骂一顿，他就满脸赔笑地走了。

当时我血气方刚，正是一语不合拔剑而起的时候，更何况初入社会，就到了这样一处地方，满腹怨气，无处发作，就对他来了。

我是由志成中学的体育教师介绍到那里工作的。他是当时北方的体育明星，娶了一位宦门小姐。他的外兄是工务局的局长。所以说，我官职虽小，来头还算可以。不到一年，这位局长下台，再加上其他原因，我也就"另候任用"了。

我被免职以后，同事们照例是在东来顺吃一次火锅，然后到娱乐场所玩玩。和我一同免职的，还有一位家在北平附近的人，脸上有些麻子，忘记了他的姓。他是做外勤的，他的为人和他的破旧自行车上的装备，给人一种商人小贩的印象，失业对他是沉重的打击。走在街上，他悄悄地对我说：

"孙兄，你是公子哥儿吧，怎么你一点也不在乎呀！"

我没有回答。我想说：我的精神支柱是书本，他当然是不能领会的。其实，精神支柱也不可靠，我所以不在意，是因为这个职位，实在不值得留恋。另外，我只身一人，这里没有家口，实在不行，我还可以回老家喝粥去。

和同事们告别以后，我又一个人去逛西单商场的书摊。渴望已久的，鲁迅先生翻译的《死魂灵》一书，已经陈列在那里了。用同事们带来的最后一次薪金，购置了这本名著，高高兴兴回到公寓去了。

第二天清晨，夹着这本书，出西直门，路经海淀，到离北平有五六十里路的黑龙潭，去看望在那里山村小学教书的一个朋友。他是我的同乡，又是中学同学。这人为人热情，对于比他年纪小的同乡同学，情谊很深。到他那里，正是深秋时节，黄叶飘落，潭水清冷，我不断想起曹雪芹在这一带著书的情景。住了两天，我又回到了北平。

我在朝阳大学同学处住几天，又到中国大学同学处住几天。后来，感到肚子有些饿，就写了一首诗，投寄《大公报》的《小公园》副刊。内容是：我要离开这个大城市，回到农村去了，因为我看到：在这里，是一部分人正在输血给另一部分人！

诗被采用，给了五角钱。

整理了一下，在北平一年所得的新书旧书，不过一柳条箱，就回到农村，去教小学了。

我的书籍，一损失于抗日战争之时，已在别一篇文章中略记，一损失于土地改革之时。

我的家庭成分是富农。按照当时党的政策，凡是有人在外参加革命，在政治上稍有照顾。关于书，是属于经济，还是属于政治，这是不好分的。贫农团以为书是钱买来的，这当然也是属于财产，他们就先后拿去了。其实也不看。当时，我们那里的农民，已普遍从八路军那里学会裁纸卷烟。在乡下，纸张较之布片还难得，他们是拿去卷烟了。

这时，我在饶阳县一个小区参加土改工作。大概是冀中区党委所在之地吧，发了一个通知，要各村贫农团，把斗争果实中的书籍，全部上缴小区，由专人负责清查保存。大概因为我是知识分子吧，我们的小区区长，把这个责任交给了我。

书籍也并不太多，堆在一间屋子的地下，而且多是一些古旧破书，可以用来卷烟的已经不多。我因家庭成分不好，又由于"客里空"问题，正在《冀中导报》受到公开批判，谨小慎微，对这些书籍，丝毫不敢染指，全部上缴县委了。

我的受批判，是因为那一篇《新安游记》。是个黄昏，我从端村到新安城墙附近绕了绕，那里地势很洼，有些雾气，我把大街的方向弄错了。回去仓促写了一篇抗日英雄故事，在《冀中导报》发表了。

土改时被作为"客里空"典型。

在家乡工作期间，已经没有购买书籍的机会，携带也不方便。如果能遇到书本的话，只是用打游击的方式，走到哪里，就看到哪里。

但也有时得到书。我在蠡县工作时，有一次在县城大集上，从一个地摊上，买到一本商务印书馆出版的，铅印精装的《西厢记》。我带着看了一程子，后来送给蠡县一位书记了。

《冀中导报》在饶阳大张岗设立了一处造纸厂。他们收买一些旧书，用牲口拉的大碾，轧成纸浆。有一间棚子，堆放着旧书。我那时常到这家纸厂吃住。从棚子里，我捡到一本石印的《王圣教》和一本石印的《书谱》。

在河间工作的时候，每逢集日，在一处小树林里，有推着小车贩卖烂纸书本的。有一次，我从车上买到一部初版的《孽海花》。一直保存着，进城后，送给一位新婚燕尔、出国当参赞的同志了。

一九七九年四月

画　的　梦

　　在绘画一事上，我想，没有比我更笨拙的了。和纸墨打了一辈子交道，也常常在纸上涂抹，直到晚年，所画的小兔、老鼠等等小动物，还是不成样子，更不用说人体了。这是我屡屡思考，不能得到解答的一个谜。

　　我从小就喜欢画。在农村，多么贫苦的人家，在屋里也总有一点点美术。人天生就是喜欢美的。你走遍多少人家，便可以欣赏到多少形式不同的、零零碎碎，甚至残缺不全的画。那或者是窗户上的一片红纸花，或者是墙壁上的几张连续的故事画，或者是贴在柜上的香烟盒纸片，或者是人已经老了，在青年结婚时，亲朋们所送的麒麟送子"中堂"。

　　这里没有画廊，没有陈列馆，没有画展。要得到这种大规模的、能饱眼福的欣赏机会，就只有年集。年集就是新年之前的集市。赶年集和赶庙会，是童年时代最令人兴奋的事。在年集上，买完了鞭炮，就可以去看画了。那些小贩，把他们的画张挂在人家的闲院里，或是停放大车的门洞里。看画的人多，买画的人少，他并不见怪，小孩们他也不撵，很有点开展览会的风度。他同时卖神像，例如"天地""老爷""灶马"之类。神画销路最大，因为这是每家每户都要悬挂供奉的。

我在童年时，所见的画，还都是木板水印，有单张的，有四联的。稍大时，则有了石印画，多是戏剧，把梅兰芳印上去，还有娃娃京戏，精彩多了。等我离开家乡，到了城市，见到的多是所谓月份牌画，印刷技术就更先进了，都是时装大美人儿。

在年集上，一位年岁大的同学，曾经告诉我：你如果去捅一下卖画人的屁股，他就会给你拿出一种叫作"手卷"的秘画，也叫"山西灶马"，好看极了。

我听来，他这些说法，有些不经，也就没有去尝试。

我没有机会欣赏更多的、更高级的美术作品，我所接触的，只能说是民间的、低级的。但是，千家万户的年画，给了我很多知识，使我知道了很多故事，特别是戏曲方面的故事。

后来，我学习文学，从书上，从杂志上，看到一些美术作品。就在我生活最不安定，最困难的时候，我的书箱里，我的案头，我的住室墙壁上，也总有一些画片。它们大多是我从杂志上裁下的。

对于我钦佩的人物，比如托尔斯泰、契诃夫、高尔基，比如鲁迅，比如丁玲同志，比如阮玲玉，我都保存了他们的很多照片或是画像。

进城以后，本来有机会去欣赏一些名画，甚至可以收集一些名人的画了。但是，因为我外行，有些吝啬，又怕和那些古董商人打交道，所以没有做到。有时花很少的钱，在早市买一两张并非名人的画，回家挂两天，厌烦了，就卖给收破烂的，于是这些画就又回到了早市去。

一九六一年，黄胄同志送给我一张画，我托人拿去裱好了，挂在房间里，上面是一个维吾尔少女牵着一匹毛驴，下面还有一头大些的驴，和一头驴驹。一九六二年，我又转请吴作人同志给我画了三头骆驼，一头是近景，两头是远景，题曰《大漠》。也托人裱好，珍藏起来。

一九六六年，运动一开始，黄胄同志就受到"批判"。因为他的作品，家喻户晓，他的"罪名"，也就妇孺皆知。家里人把画摘下来了。一天，我出去参加学习，机关的造反人员来抄家，一见黄胄的毛驴不在墙上了，就大怒，到处搜索。搜到一张画，展开不到半截，就摔在地下，喊："黑画有了！"其实，那不是毛驴，而是骆驼，真是驴唇不对马嘴。就这样把吴作人同志画的三头骆驼牵走了，三匹小毛驴仍留在家中。

运动渐渐平息了。我想念过去的一些友人。我写信给好多年不通音讯的彦涵同志，问候他的起居，并请他寄给我一张画。老朋友富于感情，他很快就寄给我那幅有名的木刻《老羊馆》，并题字用章。

我求人为这幅木刻做了一个镜框，悬挂在我的住房的正墙当中。

不久，"四人帮"在北京举办了别有用心的"黑画展览"，这是他们继小靳庄之后发动的全国性展览。

机关的一些领导人，要去参观，也通知我去看看，说有车，当天可以回来。

我有十二年没有到北京去了，很长时间也看不到美术作品，就答应了。

在路上停车休息时，同去的我的组长，轻声对我说："听说彦涵的画展出的不少哩！"我没有答话。他这是知道我房间里挂有彦涵的木刻，对我提出的善意警告。

到了北京美术馆门前，真是和当年的小靳庄一样，车水马龙，人山人海。"四人帮"别无能为，但善于巧立名目，用"示众"的方式蛊惑人心。人们像一窝蜂一样往里面拥挤。这种场合，这种气氛，我都不能适应。我进去了五分钟，只是看了看彦涵同志那些作品，就声称头疼，钻到车里去休息了。

夜晚，我们从北京赶回来，车外一片黑暗。我默默地想：彦涵同志以其天赋之才，在政治上受压抑多年，这次是应国家需要，出来画些画。他这样努力、认真、精心地工作，是为了对人民有所贡献，有所表现。"四人帮"如此对待艺术家的良心，就是直接侮辱了人民之心。回到家来，我面对着那幅木刻，更觉得它可珍贵了。上面刻的是陕北一带的牧羊老人，他手里抱着一只羊羔，身边站立着一只老山羊。牧羊人的呼吸，与塞外高原的风云相通。

这幅木刻，一直悬挂着，并没有摘下。这也是接受了多年的经验教训：过去，我们太怯弱了，太驯服了，这样就助长了那些政治骗子的野心，他们以为人民都是阿斗，可以玩弄于他们的股掌之上。几乎把艺术整个毁灭，也几乎把我们全部葬送。

我是好做梦的，好梦很少，经常是噩梦。有一天夜晚，我梦见我把自己画的一幅画，交给中学时代的美术老师，老师称赞了我，并说要留作成绩，准备展览。

那是一幅很简单的水墨画：秋风败柳，寒蝉附枝。

我很高兴，叹道：我的美术，一直不及格，现在，我也有希望当个画家了。随后又有些害怕，就醒来了。

其实，按照弗洛伊德学说，这不过是一连串零碎意识、印象的偶然的组合，就像万花筒里出现的景象一样。

一九七九年五月

青 春 余 梦

　　我住的大杂院里，有一棵大杨树，树龄至少有七十年了。它有两围粗，枝叶茂密。经过动乱、地震，院里的花草树木，都破坏了，唯独它仍然矗立着。这样高大的树木，在这个繁华的大城市，确实少见了。

　　我幼年时，我们家的北边，也有一棵这样大的杨树。我的童年，有很多时光是在它的下面、它的周围度过的。我不只在秋风起后，在那里拣过杨叶，用长长的柳枝穿起来，像一条条的大蜈蚣；在春天度荒年的时候，我还吃过杨树飘落的花，那可以说是最苦最难以下咽的野菜了。

　　现在我已经老了，蛰居在这个大院里，不能再向远的地方走去，高的地方飞去。每年冬季，我要生火炉，劈柴是宝贵的，这棵大杨树帮了我不少忙。霜冻以后，它要脱落很多干枝，这种干枝，稍稍晒干，就可以生火，很有油性，很容易点着。每听到风声，我就到它下面去拣拾这种干枝，堆在门外，然后把它们折断晒干。

　　在这些干枝的表皮上，还留有绿的颜色，在表皮下面，还有水分。我想：它也是有过青春的呀！正像我也有过青春一样。然而它现在干枯了，脱落了，它不是还可以帮助别人生起火炉取暖吗？

是为序。

我的青春的最早阶段，是在保定育德中学度过的。保定是一座古老的城市，荒凉的城市，但也是很便于读书的城市。在这个城市，我呆了六年时间。在课堂上，我念英语，演算术。在课外，我在学校的图书馆，领了一个小木牌，把要借的书名写在上面，交给在小窗口等待的管理员，就可以拿到要看的书。图书管理员都是博学之士。星期天，我到天华市场去看书，那里有一家卖文具的小铺子，代卖各种新书。我可以站在那里翻看整整半天，主人不会干涉我。我在他那里看过很多种新书，只买过一本。这本书，我现在还保存着。我不大到商务印书馆去，它的门半掩着，柜台很高，望不见它摆的书籍。

读书的兴趣是多变的，忽然想看古书了；又忽然想看外国文学了；又忽然想研究社会科学了，这都没有关系。尽量去看吧，每一种学科，都多读几本吧。

后来，我又流浪到北平去了。除了买书看书，我还好看电影，好听京戏，迷恋着一些电影明星，一些科班名角。我住在东单牌楼，晚上，一个人走着到西单牌楼去看电影，到鲜鱼口去听京戏。那时长安大街多么荒凉、多么安静啊！一路上，很少遇到行人。

各种艺术都要去接触。饥饿了，就掏出剩下的几个铜板，坐在露天的小饭摊上，吃碗适口的杂菜烩饼吧。

有一阵子，我还好歌曲，因为民族的苦难太深重了，我们要呼喊。

无论保定和北平，都曾使我失望过，痛苦过。但也都给过我安慰和鼓舞，留下的印象是深刻的。我在那里得到过朋友们的帮助，也爱过人，同情过人。写过诗，写过小说，都没有成功。我又回到农村来了，又听到杨树叶子，哗哗地响着。

后来，我参加了抗日战争，关于这，我写得已经很多了。战争，充实了我的青春，也结束了我的青春。

我的青春，价值如何？是欢乐多，还是痛苦多？是安逸享受多，还是颠沛流离多？是虚度，还是有所作为，都不必去总结了。时代有总的结论，总的评价。个人是一滴水，如果滴落在江河，流向大海，大海是不会涸竭的。正像杨树虽有脱落的枝叶，它的本身是长存的。我祝愿它长存！

是为本文。

一九八二年十二月六日清晨

芸 斋 梦 余

关 于 花

青年时的我，对花是没有什么感情的，心里只有衣食二字。童年的印象里没有花。十四岁上了中学，学校里有一座很小的校园，一个老园丁。校园紧靠图书馆，有点时间，我宁肯进图书馆，很少到校园。在上植物学课时，张老师（河南人）带领我们去看含羞草啊，无花果啊，也觉得实在没有意思。校园里有一棵昙花，视为稀罕之物，每逢开花，即使已经下了晚自习，张老师还要把我们集合起来，排队去观赏，心里更认为他是多此一举，小题大做。

毕业后，为衣食奔走，我很少想到花，即使逛花园，心里也是沉重的。后来，参加了抗日战争，大部分时间是在山里打游击。山里有很多花，村头，河边，山顶都有花。杏花，桃花，梨花，还有很多野花，我很少观赏。不但不观赏，行军时践踏它们，休息时把它们当坐垫，无情地、无意识地拔起身边的野花，连嗅一嗅的兴趣都没有，抛到远处去，然后爬起来赶路。

我，青春时代，对花是无情的，可以说是辜负了所有遇到的花。

写作时，我也没有用花形容过女人。这不只是因为有先哲的名言，也是因为那时的我，认为用花来形容什么，是小资产阶级意识的表现。

及至现在，我老了，白发疏稀，感觉迟钝，我很喜爱花了。我花钱去买花，用瓷的花盆去栽种。然而花不开，它们干黄、枯萎，甚至不活。而在十年动乱时，造反派看中我的花盆，把花全部端走了。我对花的感情最浓厚，最丰盛，投放的精力也最大。然而花对我很冷漠，它们几乎是背转脸去，毫无笑模样，再也不理我。

这不能说是花对我无情，也不能怨它恨它，是它对我的理所当然的报复。

关 于 果

战争时期，我经常吃不饱。霜降以后我常到山沟里去，拣食残落的红枣、黑枣、梨子和核桃。树下没有了，我仰头望着树上，还有打不净的。稍低的用手去摘，再高的，用石块去投。常常望见在树的顶梢，有一个最大的、最红的、最引诱人的果子。这是主人的竿子也够不着，打不下来，才不得不留下来，恨恨地走去的。我向它瞄准，投了十下，不中。投了一百下，还是不中。我环绕着树身走着，望着，计划着。最后，我的脖颈僵了，筋疲力尽了，还是投不下来。我望着天空，面对四方，我希望刮起一股劲风，把它吹下来。但终于天气晴和，一丝风也没有。红果在天空摇曳着，讪笑着，诱惑着。

天晚了，我只好回去，我的肚子更饿了，这叫作得不偿失，无效劳动。我一步一回头，望着那颗距离我越来越远的红色果子。

夜里，我又梦见了它。第二天黎明，集合行军了，每人发了半个冷窝窝头。要爬上前面一座高山，我把窝窝头吃光了。还没爬到山顶，我饿得晕倒在山路上。忽然我的手被刺伤了，我醒来一看，是一棵酸枣树。我饥不择食，一把捋去，把果子、叶子，树枝和刺针，都塞到嘴里。

年老了，不再愿吃酸味的水果，但酸枣救活了我，我感念酸枣。每逢见到了酸枣树，我总是向它表示敬意。

关 于 河

听说，我家乡的滹沱河，已经干涸很多年了，夏天也没有一点水。我在一部小说里，对它作过详细的描述，现在要拍摄这些场面，是没有办法了。听说家乡房屋街道的形式，也大变了。

建筑是艺术的一种，它必然随着政治的变动，改变其形式。它的形式，是受经济基础决定的。

关于河流，就很难说了。历史的发展，可以引起地理环境的变动吗？大概是肯定的。

这条河，在我的童年，每年要发水，泛滥所及，冲倒庄稼，有时还冲倒房子。它带来黄沙，也带来肥土，第二年就可以吃到一季好麦。它给人们带来很多不便，夏天要花钱过惊险的摆渡，冬天要花钱过摇摇欲坠的草桥。走在桥上，仄仄闪闪的，吱吱呀呀的，下面是围着桥桩堆积起来的坚冰。

童年，我在这里，看到了雁群，看到了鹭鸶。看到了对艚大船上的船夫船妇，看到了纤夫，看到了白帆。他们远来远去，东来西往，给这一带的农民，带来了新鲜奇异的生活感受，彼此共同的辛酸苦辣的生活感受。

对于这条河流，祖祖辈辈，我没有听见人们议论过它的功过。是喜欢它，还是厌恶它，是有它好，还是没有它好。人们只是觉得，它是大自然的一部分。而大自然总是对人们既有利又有害，既有恩也有怨，无可奈何。

河，现在干涸了，将永远不存在了。

一九八二年十二月十九日

秋 凉 偶 记

扁 豆

北方农村，中产以下人家，多以高粱秸秆，编为篱笆，围护宅院。篱笆下则种扁豆，到秋季开花结豆，罩在篱笆顶上，别有一番风情。

扁豆分白紫两种，花色亦然，相间种植，花分两色，豆各有形，引来蜂蝶，飞鸣其间，又添景色不少。

白扁豆细而长，紫扁豆宽而厚，收获以后者为多。

我自幼喜食扁豆，或炒或煎。煎时先把扁豆蒸一下，裹上面粉，谓之扁豆鱼。

吃饭是一种习性，年幼时好吃什么，到老年还是好吃什么。现在农贸市场，也有扁豆上市。

每逢吃扁豆，我就给家人讲下面一个故事：

一九三九年秋季，我在阜平县打游击，住在神仙山顶上。这座山很高很陡，全是黑色岩石，几乎没有人行路，只有牧羊人能上去。

山顶的背面，却有一户人家。他家依山盖成，门前有一小片土地，种了烟草和扁豆。

他种的扁豆，长得肥大出奇，我过去没有见过，后来也没有见过。

扁豆耐寒，越冷越长得多。扁豆有一种膻味，用羊油炒，加红辣椒，最是好吃。我在他家吃到的，正是这样做的扁豆。

他的家，其实就是他一个人。他已经四十开外，还是独身。身材高大，皮肤的颜色，和他身边的岩石，一般无二。

他也是一个游击队员。

每天天晚，我从山下归来，就坐在他的已经烧热的小炕上，吃他做的玉米面饼子，和炒扁豆。

灶上还烤好了一片绿色烟叶，他在手心里揉碎了，我们俩吸烟闲话，听着外面呼啸的山风。

一九九二年八月十三日清晨

芸斋曰：此时同志，利害相关，生死与共，不问过去，不计将来，可谓一心一德矣。甚至不问乡里，不记姓名，可谓相见以诚矣。而自始至终，能相信不疑，白发之时，能记忆不忘，又可谓真交矣。后之所谓同志，多有相违者矣。

同日又记

再观藤萝

楼下小花园，修建了一座藤萝架。走廊形，钢筋水泥，涂以白漆。下面还有供游人小憩的座位。但藤萝种了四五年，总爬不到架上去。原因是人与花争位，藤萝一爬到座位那里，妨碍了人，人就把它扒拉到地上去，再爬上来，就把它的尖子揪断。所以直到现在，藤条已经长到拇指那样粗，还是东一条，西一条，胡乱爬在地上。

藤萝这种花也怪，不上架不开花，一上架就开了。去年冬天，有一个老年人，好到这里休息晒太阳，他闲着没事，随手捡了一条塑料绳子，把头起的一枝藤条系到架上去，今年开春，它就开了一簇花，虽然一枝独秀，却非常鲜艳。

正当藤萝花开的时候，有几位年轻母亲，带孩子来这里坐。有一个女青年，听口音，看穿衣打扮，好像是谁家的保姆，也带着一个小孩，来架下玩耍。这位小保姆，个儿比较高，长得又健康俊俏，她站在架下，藤萝花正开在她的头上，在早晨的阳光照耀下，就好像谁给她插上去的。

自从改革开放以来，妇女服饰大变，心态也大变。只要穿上一件新潮衣裙，理上一个新潮发型，就是东施嫫母，也自我感觉良好，忽然变成了天仙。她们听着脚下高跟的响声，闻着脸上粉脂的香味，飘飘然地找到了自己的位置和价值。

这位农村来的女青年，站在这些人中间，显得超凡出众。她的美，是一种自然美，包括大自然的水土，也包括大自然的陶冶。她的美，是天生的，不是人为的，更没有描眉画眼的做假。她好像自觉到了这一点，所以她站在这些大城市时髦妇女中间，丝毫没有"不如人家"的感觉。她谈笑从容，对答如流，使得这些青年主妇们，也不能轻视她的聪明美丽。她成了谈话的中心，鹤立鸡群。

藤萝架旁边，每天还有一些老年妇女练功。教她们的，是一位带有江湖气味的中年人。这是一位热心公益的人，见到藤条散落地下，在他的学生们到来之前，他就找些绳索，把它们一一系到架上去。估计明年春季，藤萝架上，真的要繁花似锦了。

一九九二年八月十六日清晨

后 富 的 人

这是一处高级住宅区。早晨八点以后，下午五时左右，接送厂长、经理、处长、局长的汽车，川流不息，不过时间不会太长，一会儿就过去了。下午的汽车，一到门口，尾巴就翘了起来。于是主人、司机以及家里人，把带回的大小纸袋子，大小纸箱子，搬到楼上去。

带回的东西，吃过用过以后，包装没处存放，就往垃圾道里丢。因此，第二天天还不亮，就有川流不息的捡破烂的人，来到楼群，逐楼寻找，垃圾间的铁门，响声不断。

过去，干这种营生的都是本市人，现在都是外地人。他们男男女女，老老少少，破衣烂裳，囚首垢面。背着一个大塑料口袋，手里拿一个铁钩子，急急忙忙地走着，因为就是早晨东西好捡。但时间也不会长，等到接人的汽车来时，他们就都消失了。

帮我做饭的妇人，熟于此道。我曾问她：

"前边一个刚从垃圾间出来，后面一个紧跟着就进去，哪里有那么多东西？"

她说："一幢楼上，住这么多人家，倒垃圾的习惯也不一样，你知道他什么时候往下倒？也许他刚走，上面就掉下个大纸盒子来，你不是就可以捡到了吗？"

她并且告诉我，干这个，只要手脚勤快，一天的收入，是很可观的。就是刚从外地来，一无所有，衣食住行，都可以从中解决：例如破衣服、破鞋帽、干面包、烂水果，可以吃穿；破席子，可以铺用；甚至有药片，可以服。如果胆大些，边旁的破车子，可以骑上；过些日子，再换一个三轮……

关于住，她没有讲。我清晨散步的时候，的确遇到过一个外地来的小姑娘，手里提着一个破布包，满身满脸是黑灰。她问我，什么地方可以洗洗脸？我问她为什么弄得这样，她没有说。但我看见她是从一幢楼房的垃圾间出来。

国家已经有不少人，先富了起来。这些从农村来城市觅生活的，可以说是后富起来的人吧。

一九九二年八月十六日清晨

成活的树苗

今夏，同院柳君，去承德，并至坝上，携回马尾松树苗共八株，分赠院中好花事者。余得其三，植于一盆，一月后，死二株，成活一株，值雨后，挺拔俊秀，生气四滋。同院诸老，甚为羡慕。

今晨，我正对它欣赏，柳君走过来说：

"带回八株，而你培养者，独能成活，望总结经验以告。"

我笑着说：

"这有什么经验，你给我三株，我同时把它们栽到一个盆里。死去两株，这一株活了，是赶对劲了吧。"

柳君说：

"不然，活一棵就了不起。我看见你常常给它松土，另外，这地方见太阳，而不太毒。太阳是好东西，但太毒则伤害万物。"

我不好再和他争辩，并说：

"种植时，我在下面还铺了一层沙子，我们院里的土太黏了。"

柳君的夫人在一旁说：

"这就是经验。"

我说：

"松土，加沙，不太毒的阳光，同施于三株，而此株独活。可能是它的根，在路上未受损伤，也可能是它的生命力特别强盛。我们还是不要贪天之功吧，什么事也不要贪天之功。"

大家一笑而散。

下午，鲍君来访。他要去石家庄开文艺座谈会，到那里将见到刘、从二君，我托他代为致问候之意，并向他们约稿。

谈话间，我说：

"近些日子，我常想这样一个问题：近几年，人们常说，什么刊物，什么人，培养出了什么成名的作家，这是不合事实的。比如刘、从二君，当初，人家稿子一来就好，就能用。刊物和编者，只能说起了一些帮忙助兴的作用，说是培养，恐怕是过重了些，是贪天之功，掠人之美。我过去写了一篇《论培养》，我想写一篇《再论培养》，说明我经历了几十年风尘，在觉悟方面的这一点微微的提高。"

鲍君说：

"我看你还是不要说得太绝对了。那样，人家会说你不想再干这方面的工作了，是撂挑子的话。"

鲍君聪颖，应对敏捷，他的话常常是一针见血的。

随之，大家又一笑而散。

夜晚，睡到一点钟醒来，忽然把这两次谈话联到一起，有所谓"创作"的冲动，遂披衣起床，记录如上。

一九八〇年九月十二日夜记

火　炉

我有一个煤火炉，是进城那年买的，用到现在，已经三十多年了。它伴我度过了热情火炽的壮年，又伴我度过着衰年的严冬。它的容颜也有了很大的改变，它的身上长了一层红色的铁锈，每年安装时，我都要举止艰难地为它打扫一番。

我们可以说得上是经过考验的，没有发生过变化的。它伴我住过大屋子，也伴我迁往过小屋子，它放暖如故。大屋小暖，小屋大暖。小暖时，我靠它近些；大暖时，我离它远些。小屋时，来往的客人，少一些；大屋时，来往的客人，多一些。它都看到了。它放暖如故。

它看到，和我同住的人，有的死去了，有的离去了，有的买制了新的火炉，另外安家立业去了。它放暖如故。

我坐在它的身边。每天早起，我把它点着，每天晚上，我把它封盖。我坐在它身边，吃饭，喝茶，吸烟，深思。

我好吃烤的东西，好吃有些煳味的东西。每天下午三点钟，我午睡起来，在它上面烤两片馒头，在炉前慢慢咀嚼着，自得其乐，感谢上天的赐予。

对于我，只要温饱就可以了，只要有一个避风雨的住处就满足了。我又有何求！

　　看来，我们的关系，是不容易断的，只要我每年冬季，能有三十元钱，买两千斤煤球，它就不会冷清，不会无用武之地，我也就会得到温暖的！

　　火炉，我的朋友，我的亲密无间的朋友。我幼年读过两句旧诗：炉存红似火，慰情聊胜无。何况你不只是存在，而且确实在熊熊地燃烧着啊。

　　　　　　　　一九八二年十二月二十六日上午

窗　口

西南方向有一座楼房
我家的房门，正对
它的后窗
我刚来时
就见一个中年妇女
在窗口伫立观望

这位妇女
身材高大
颜面瘦黄
声音沙哑
却很高亢

她的丈夫
听说是一个资本家
患着高血压
坐在平台上

终日不说话
不久就死去了

我们的锅炉房
新建立了一个高烟囱
她以为不祥
在窗上挂起一面八卦镜

正赶上我也得了病
母亲迷信
曾想叫孙儿用弹弓
给她打碎
被我的爱人制止
没有实行

她有三个女儿
一年又一年
一个接一个
都长大成人
花枝招展
陆续出了嫁

她渐渐衰老
还是每天上街买菜
常常和我的爱人见面

她说她有一个男孩子

爱好文学

很想和我谈谈

从春天到秋天

她家的窗户总是敞开的

她一闲下来

就在窗口站立

我们的庭院

她可以一览无余

我们的庭院

在国民党统治时期

是一个财阀的别墅

在日本人统治时期

是侵略者的特务机关

花木繁盛

有假山还有小河

十年动乱

这座庭院

变成了"修"字大院

又称大观园

抄家的进进出出

穿纸袍戴高帽的

过来过去

新的主人

有的自杀了

有的被迁往他处

她都看到了

她的儿子

也不再找我谈文学

大观园非同昔比

报社一位记者说

这里是

蛛丝儿结满了栋梁的

每日

南市的顽童成千上万

在院里闹“革命”

所有可以破坏的都破坏了

所有可以拿走的都拿走了

天灾人祸

不久又来了一次地震

人们争着盖“临建”

从此

假山也没有了

小河也填平了

林木砍伐光了，花草践踏烂了

有人大发地震之财

木料砖瓦

成了必争之物

她家的楼房

也难逃劫数

整个倒塌了

她不能再居高临下

把这些景象

尽收眼底

但是，无论如何

她是这座庭院的

最有权威的见证人

她也是我们一家人的见证

她确切地知道

我的母亲的逝世

我的爱人的死亡

我的九死余生

苟延残喘

震房修好以后

她搬了回来

她又站在窗口

俯视这座庭院

她越发衰老了
神情非常惨怛

冬季
她照例把窗户关闭
到了春天
她再也没有出现
我的孩子在市上买菜
遇到她的当了售货员的儿子
说她"过去"了

夏天的夜晚，闷热得很
我又在房门前乘凉
忽然看见她家窗口
站着一个女人
身材、声音
都和她一模一样
她没有死吗
我半信半疑
不寒而栗

我转身进屋去
对我的孩子说
我眼力不好
你快去看看

是谁在那家窗口站立

孩子看了回来说
那是她家的大女儿来了
老女人已经死去
不是早就告诉过你

是的
三十多年以前
我紧跟进攻的炮火
怀着胜利的心情
进入这座城市

在这里，我夙兴夜寐
曾经有所追求
有所感奋
有所作为
我终于病了
从此，像入蛰的昆虫一样
困守方寸之地
坐井观天
长年和这位老妇人
隔楼相望
又互不相干

她是这座城市的老市民
她是这座庭院的老邻居
她见到了庭院的几代主人
见到了他们的不同样式的成败兴衰

现在，她确实死去了
庭院虽然堆满瓦砾，布满垃圾
它仍然活着
它沉默地活着，坚忍地活着
充满希望地活着
充满信心地活着
庭院的命运
永远不会完结
它会长起新的林木
盖起新的房屋

一九八三年十一月三日

眼　　睛

婴儿的眼睛是清澈的
青年人的眼睛是热烈的
中年人的眼睛是惶惑的
老年人的眼睛是呆滞的

世界反映到婴儿的眼里
是完全客观的
完全真实的
因为婴儿对它没有判断

等到有了判断
世界在人的眼里
就不是完全客观
也就不是完全真实的了
因此就有了感情的反射
热烈、惶惑、或是呆滞
热情地追求过了
有了失败的痛苦

再追求

再痛苦

因此有了惶惑

及至老年

已是无可奈何

他没有勇气

也没有力量

于是他的眼睛

表现了呆滞

这是人生的过程

但不是世界的过程

世界的过程

仍像在婴儿眼里一样

在客观地运动

孔夫子说了一遍

老子和庄周又说了一遍

苏格拉底说了一遍

黑格尔又说了一遍

世界仍然按照它的意志运行

人的眼睛

仍然按照年龄和经历

变化着它的神情

一九八四年四月十日下午四时

海　边

人生的航程
即将终结
我跳上海边的荒滩
作短暂的休息
茫茫的大海
将是这次航行的归宿

浩渺、鼓动
神秘、庄严
大海给每一个走完旅途的人
唱着激荡魂魄的歌
在驰入大海之前
都来得及坐在海边
安静地思索一下

我，何如人也
我，一生所作所为又如何

我是一个孱弱的人
善且不敢为
何况于作恶

我有时表现得
非常勇敢
其实是非常冲动
第一个报名
奔赴沙场
陷阵冲锋

不久就退下来了
从心里感到疲倦
抱头沉思
眼含热泪

我几乎一生在奔波、饥饿、劳苦
失意和彷徨
以致在晚年的梦中
仍然重复着跋涉，迷路
和种种困扰

　　　　　一九七六年十二月二十一日记

昨晚梦中
骑车赶路

道多泥泞
负车而行

及至转折
忽遇佳境
道路平直
庄稼青翠
方欲登车奋发
忽然惊醒
身尚酸痛

我曾努力工作
日以继夜
但常常得不到赞美
反遭批评
当我无能为力之年
幸遇清明
也听到了对自己的歌颂

不要轻信
别人对你的毁誉
农民有一句谚语
什么都不要相信
只信吃饱了就不饥

我，一生实在平平

遭遇多不幸

晚年稍安宁

却又不免痛定思痛

河流向我催促

大海向我呼叫

天色已晚

我无暇多去思考

跳上我的小皮筏

冲进大海的波涛

　　　　　　一九八六年七月十九日下午

　　　　　　　小雨又止，闷热

希　望
——七十自寿

七十岁
时间够长的了
我没有想到
我能活这样长久

我自幼多病
母亲说我是佛脚下的童子
终归还去
在同口教书时
一个同事断言
我活不到四十岁

七十年
如果不是我不断掸扫
就是落到身上的灰尘
也能把我埋葬
何况有疾病

有饥寒

有枪弹

有迫害和中伤

有人只是为了

针眼大的一点私利

就无端图谋

别人的身家性命

但是我终于没有死

这并不是因为我勇敢

而是因为我怯弱

鲁迅说

死是需要勇气的

我不知道

我哪一天会死去

会在怎样的情况下死去

反正时间不会太长了

死亡究竟是一大悲剧

我回顾了一下

我的一生

我同时向前面瞻望

我的为人

也有所谓道乎

我总是放一个希望

在我的眼前

它可以是一只风筝

可以是一泓秋水

可以是不管什么山头上的

一片云

什么林苑里的一团雪

黄昏或是黎明

天边悬挂的一弯新月

它们都能给我一种希望

希望是梦幻

也无关紧要

我养不起也养不活

高贵的花

每年冬末春初

我在小水盆里

养一株大白菜的花

花是黄色的

近似一个梦

种在水盆里的白菜花

不能结子

紧接着

我又种上原始的牵牛花

它的花朵很小，颜色淡紫
像一缕青烟
像就要凝结的晨雾
这当然又是一个梦

我从记事起
每天夜里都要做梦
七十年的梦该有多少
所有的梦都忘记了
惟有希望的梦在我的前面

我结识了一个少女
即使少女不对我笑
我每天晨起
等候她从家门走出来
注视她的身影

我摊开一本新书
我修整一册破旧的书
我的心升华了
我的灵魂变得
纯洁而明净

有一位死去的朋友
曾经对我说过

人之所以不够理想
就是因为不读书

我读所有的书
圣贤传道的书
星象占卜的书
农耕授时的书
牛羊牧畜的书
但我不愿再读
大言欺人
妖言惑众的书

希望总是在我的前面
希望牵引着我的灵魂向上
当我最终闭上双眼
希望也不会消失

一九八三年四月六日晨

度　春　荒

　　我的家乡，邻近一条大河，树木很少，经常旱涝不收。在我幼年时，每年春季，粮食很缺，普通人家都要吃野菜树叶。春天，最早出土的，是一种名叫老鸹锦的野菜，孩子们带着一把小刀，提着小篮，成群结队到野外去，寻觅剜取像铜钱大小的这种野菜的幼苗。

　　这种野菜，回家用开水一泼，掺上糠面蒸食，很有韧性。

　　与此同时出土的是苣苣菜，就是那种有很白嫩的根，带一点苦味的野菜。但是这种菜，不能当粮食吃。

　　以后，田野里的生机多了，野菜的品种，也就多了。有黄须菜，有扫帚苗，都可以吃。春天的麦苗，也可以救急，这是要到人家地里去偷来。

　　到树叶发芽，孩子们就脱光了脚，在手心吐些唾沫，上到树上去。榆叶和榆钱，是最好的菜。柳芽也很好。在大荒之年，我吃过杨花。就是大叶杨春天抽出的那种穗子一样的花。这种东西，是不得已而吃之，并且很费事，要用水浸好几遍，再上锅蒸，味道是很难闻的。

　　在春天，田野里跑着无数的孩子们，是为饥饿驱使，也为新的生机驱使，他们漫天漫野地跑着，寻视着，欢笑并打闹，追赶和竞争。

　　春风吹来，大地苏醒，河水解冻，万物孳生，土地是松软的，把孩子们的脚埋进去，他们仍然欢乐地跑着，并不感到跋涉。

清晨，还有露水，还有霜雪，小手冻得通红，但不久，太阳出来，就感到很暖和，男孩子们都脱去了上衣。

为衣食奔波，而不大感到愁苦的，只有童年。

我的童年，虽然也常有兵荒马乱，究竟还没有遇见大灾荒，像我后来从历史书上知道的那样。这一带地方，在历史上，特别是新旧五代史上记载，人民的遭遇是异常悲惨的。因为战争，因为异族的侵略，因为灾荒，一连很多年，在书本上写着：人相食；析骨而焚；易子而食。

战争是大灾荒、大瘟疫的根源。饥饿可以使人疯狂，可以使人死亡，可以使人恢复兽性。曾国藩的日记里，有一页记的是太平天国战争时，安徽一带的人肉价目表。我们的民族，经历了比噩梦还可怕的年月！

日本帝国主义的侵略，以战养战，"三光"政策，是很野蛮很残酷的。但是因为共产党记取历史经验，重视农业生产，村里虽然有那么多青年人出去抗日，每年粮食的收成，还是能得到保证。党在这一时期，在农村实行合理负担的政策。地主富农，占有大部分土地，虽然对这种政策，心里有些不满，他们还是积极经营的。抗日期间，我曾住在一家地主家里，他家的大儿子对我说："你们在前方努力抗日，我们在后方努力碾米。"

在八年抗日战争中，我们成功地避免了"大兵之后，必有凶年"的可怕遭遇，保证了抗日战争的胜利。

一九七九年十二月

凤　池　叔

　　凤池叔就住我家的前邻。在我幼年时，他盖了三间新的砖房。他有一个叔父，名叫老亭。在本地有名的联庄会和英法联军交战时，他伤了一只眼，从前线退了下来，小队英国兵追了下来，使全村遭了一场浩劫，有一名没有来得及逃走的妇女，被鬼子轮奸致死。这位妇女，死后留下了不太好的名声，村中的妇女们说：她本来可以跑出去，可是她想发洋人的财，结果送了命。其实，并不一定是如此的。

　　老亭受了伤，也没有留下什么英雄的称号，只是从此名字上加了一个字，人们都叫他瞎老亭。

　　瞎老亭有一处宅院，和凤池叔紧挨着，还有三间土坯北房。他为人很是孤独，从来也不和人们来往。我们住得这样近，我也不记得在幼年时，到他院里玩耍过，更不用说到他的屋子里去了。我对他那三间住房，没有丝毫的印象。

　　但是，每逢从他那低矮颓破的土院墙旁边走过时，总能看到，他那不小的院子里，原是很吸引儿童们的注意的。他的院里，有几棵红枣树，种着几畦瓜菜，有几只鸡跑着，其中那只大红公鸡，特别雄壮而美丽，不住声趾高气扬地啼叫。

　　瞎老亭总是一个人坐在他的北屋门口。他呆呆地直直地坐着，坏了的一只眼睛紧紧闭着，面容愁惨，好像总在回忆着什么不愉快的事。这种形态，儿童们一见，总是有点害怕的，不敢去接近他。

　　我特别记得，他的身旁，有一盆夹竹桃，据说这是他最爱惜的东西。这是稀有植物，整个村庄，就他这院里有一棵，也正因为有这一棵，使我很早就认识了这种花树。

　　村里的人，也很少有人到他那里去。只有他前邻的一个寡妇，常到他那里，并且半公开的，在夜间和他做伴。

　　这位老年寡妇，毫不隐讳地对妇女们说：

　　"神仙还救苦救难哩，我就是这样，才和他好的。"

　　瞎老亭死了以后，凤池叔以亲侄子的资格，继承了他的财产。拆了那三间土坯北房，又添上些钱，在自己的房基上，盖了三间新的砖房。那时，他的母亲还活着。

　　凤池叔是独生子，他的父亲是怎样一个人，我完全不记得，可能死得很早。凤池叔长得身材高大，仪表非凡，他总是穿着整整齐齐的长袍，步履庄严地走着。我时常想，如果他的运气好，在军队上混事，一定可以带一旅人或一师人。如果是个演员，扮相一定不亚于武生泰斗杨小楼那样威武。

　　可是他的命运不济。他一直在外村当长工。行行出状元，他是远近知名的长工：不只力气大，农活精，赶车尤其拿手。他赶几套的骡马，总是有条不紊，他从来也不像那些粗劣的驭手，随便鸣鞭、吆喝，以至虐待折磨牲畜。他总是若无其事地把鞭子抱在袖筒里，慢条斯理地抽着烟，不动声色，就完成了驾驭的任务。这一点，是很得地主们的赏识的。

　　但是，他在哪一家也呆不长久，最多二年。这并不是说他犯有那种毛病：一年勤，二年懒，三年就把当家的管。主要是他太傲慢，从不低声下气。另外，车马不讲究他不干，哪一个牲口不出色，不依他换掉，他也不干。另外，活当然干得出色，但也只是大秋大麦之时，其余时间，他好参与赌博，交结妇女。

因此，他常常失业家居。有一年冬天，他在家里闲着，年景又不好，村里的人都知道他没有吃的了，有些本院的长辈，出于怜悯，问他：

"凤池，你吃过饭了吗？"

"吃了！"他大声地回答。

"吃的什么？"

"吃的饺子！"

他从来也不向别人乞求一口饭，并绝对不露出挨饥受饿的样子，也从不偷盗，穿着也从不减退。

到过他的房间的人，知道他是家徒四壁，什么东西也卖光了的。

不知从哪里来了一个女的，藏在他的屋里，最初谁也不知道。一天夜间，这个妇女的本夫带领一些乡人，找到这里，破门而入。凤池叔从炕上跃起，用顶门大棍，把那个本夫，打了个头破血流，一群人慑于威势，大败而归，沿途留下不少血迹。那个妇女也呆不住，从此不知下落。

凤池叔不久就卖掉了他那三间北房。土改时，贫民团又把这房分给了他。在他死以前，他又把它卖掉了，才为自己出了一个体面的、虽属光棍但谁都乐于帮忙的殡，了此一生。

一九七九年十二月

干　巴

　　在这个小小的村庄里，干巴要算是最穷最苦的人了。他的老婆，前几年，因为产后没吃的死去了，留下了一个小孩。最初，人们都说是个女孩，并说她命硬，一下生就把母亲克死了。过了两三年，干巴对人们说，他的孩子不是女孩，是个男孩，并给他起了个名字，叫小变儿。

　　干巴好不容易按照男孩子把他养大，这孩子也渐渐能帮助父亲做些事情了。他长得矮弱瘦小，可也能背上一个小筐，到野地里去拾些柴禾和庄稼了。其实，他应该和女孩子们一块去玩耍、工作。他在各方面，都更像一个女孩子。但是，干巴一定叫他到男孩子群里去。男孩子是很淘气的，他们常常跟小变儿起哄，欺侮他：

　　"来，小变儿，叫我们看看，又变了没有？"

　　有时就把这孩子逗哭了。这样，他的性情、脾气，在很小的时候，就发生了变态：孤僻，易怒。他总是一个人去玩，到其他孩子不乐意去的地方拾柴、捡庄稼。

　　这个村庄，每年夏天，好发大水，水撤了，村边一些沟里、坑里，水还满满的。每天中午，孩子们好聚到那里凫水，那是非常高兴和热闹的场面。

每逢小变儿走近那些沟坑，在其中游泳的孩子们，就喊：

"小变儿，脱了裤子下水吧！来，你不敢脱裤子！"

小变儿就默默地离开了那里。但天气实在热，他也实在愿意到水里去洗洗玩玩。有一天，人们都回家吃午饭了，他走到很少有人去的村东窑坑那里，看看四处没有人，脱了衣服跳进去。这个坑的水很深，一下就没了顶，他喊叫了两声，没有人听见，这个孩子就淹死了。

这样，干巴就剩下孤身一人，没有了儿子。

他现在什么也没有了，他没有田地，也可以说没有房屋，他那间小屋，是很难叫作房屋的。他怎样生活？他有什么职业呢？

冬天，他就卖豆腐，在农村，这几乎可以不要什么本钱。秋天，他到地里拾些黑豆、黄豆，即使他在地头地脑偷一些，人们都知道他寒苦，也都睁一个眼，闭一个眼，不忍去说他。

他把这些豆子，做成豆腐，每天早晨挑到街上，敲着梆子，顾客都是拿豆子来换，很快就卖光了。自己吃些豆腐渣，这个冬天，也就过去了。

在村里，他还从事一种副业，也可以说是业余的工作。那时代，农村的小孩子，死亡率很高。有的人家，连生五六个，一个也养不活。不用说那些大病症，比如说天花、麻疹、伤寒，可以死人；就是这些病症，比如抽风、盲肠炎、痢疾、百日咳，小孩子得上了，也难逃个活命。

母亲们看着孩子死去了，掉下两点眼泪，就去找干巴，叫他帮忙把孩子埋了去。干巴赶紧放下活计，背上铁铲，来到这家，用一片破炕席或一个破席锅盖，把孩子裹好，夹在腋下，安慰母亲一句：

"他婶子，不要难过。我把他埋得深深的，你放心吧！"

就走到村外去了。

其实，在那些年月，母亲们对死去一个不成年的孩子，也不很伤心，视若平常。因为她们在生活上遇到的苦难太多，孩子们累得她们也够受了。

事情完毕，她们就给干巴送些粮食或破烂衣服去，酬谢他的帮忙。这种工作，一直到干巴离开人间，成了他的专利。

一九七九年十二月

玉 华 婶

玉华婶的娘家，离我们村只有十几里地，那里是三县交界的地方，在旧社会叫做"三不管地带"，惯出盗案。据说玉华婶的父亲，就是一个有名的大盗，犯案以后，已经正法。她的母亲，长得非常丑陋，在村里却绰号"大出头"。我们那里的方言，凡是货郎小贩，出售货物，总是把最出色的一件，悬挂在货车上，叫做出头。比如卖馒头的，就挑一个又白又大的，用秫秸秆插起来，立在车子的前面。

俗话说，破窑里可能烧出好瓷器，她生了一个非常出色的女儿，就是说烧出了一件"窑变"，使全村惊异，远近闻名。

这位小姑娘，十三四岁的时候，在街头一站，已经使那些名门闺秀黯然失色。到十六七岁的时候，出脱得更是出众，说绝世佳人，有些夸张，人人见了喜欢，却是事实。

正在这个年华，她的父亲落了这样一个结果，对她来说，当然是非常的不幸。她的母亲，好吃懒做，只会斗牌，赌注就放在身边女儿身上了。

县里的衙役，镇上的巡警，村里的流氓，都在这个姑娘身上打主意。

我家南邻是春瑞叔家。他的父亲，是个潦倒人，跑了半辈子宝局，下了趟关东，什么也没挣下，只好在家里开个小牌局。春瑞叔从小时，被送到外村，给人家放羊。每天背上点水，带块干粮，光着两只脚，在漫天野地里，追着喊着。天大黑了，才能回来，睡在羊圈里。现在三十上下了，还没有成亲。

他有一个姐姐，嫁在那个村庄，和大出头是近邻。看见这个小姑娘，长得这样好，眼下命运又不济，就想给自己的弟弟说说。她的口才很好，亲自上门，找小姑娘直接谈。今天不行，明天再去，不上十天半月，这门亲事，居然说成了。

为了怕坏人捣乱，没敢宣扬出去。娶亲那天，也没有坐花轿，没有动鼓乐，只是说串亲，坐上一辆牛车，就到了我们村里。又在别人家借了一间屋子，作为洞房。好在春瑞叔的父亲，是地方上的一个赌棍，有些头面，没有发生什么事情。

不久，把她母亲也接了来，在我们村落了户。从此，一老一少，一美一丑，就成了我们新的街坊邻居了。

像玉华婶这样的人物，论人才、口才、心计，在历史上，如果遇到机会，她可以成为赵飞燕，也可以成为武则天。但落到这个穷乡僻壤，也不过是织织纺纺，下地劳动。春瑞叔又没有多少地，于是玉华婶就同公爹，支持着家里那个小牌局。有时也下地拾柴挑菜，赶集做一些小买卖。她人缘很好，不管男女老少，都说得来，人们有什么话，也愿意和她去说。她家里是个闲话场。她很能交际，能陪男人喝酒、吸烟、打麻将。

我们年轻人都很爱她，敬她，也有些怕她，不敢惹她。有一年暑假，一天中午，我正在场院里树阴下看书，看见玉华婶从家里跑了出来。后面是她母亲哭叫着。再后面是春瑞叔，手里拿着一根顶门杠。玉华婶一声不响，跑进我家场院，就奔新打的洋井。井口直径足有五尺，她把腿一伸，出溜进去。我大喊救人，当人们捞她的时候，看到她用头和脚尖紧紧顶着井的两边，身子浮在水皮上，一口水也没喝。

这种跳井，简直还比不上现在的跳水运动员，实在好笑。

但从此，春瑞叔也就不敢再发庄稼火，很怕她。因为跳井，即寻死觅活，究竟是人命关天的大事，非同小可。

去年，我回了一趟老家。玉华婶也老了。她有三房儿媳，都分着过。春瑞叔八十来岁了，但走起路来，还很快，这是年轻时放羊，给他带来的好处。

三房儿媳，都不听玉华婶的话，还和她对骂。春瑞叔也不替她说话。玉华婶一世英名，看来真要毁于一旦了。

她哭哭啼啼，向我诉苦。最后她对我说：

"大侄子，你走京串卫，识文断字，我问你一件事，什么叫打金枝？"

"《打金枝》是一出戏名，河北梆子就有的，你没有看过吗？"我说。

"没有。村里唱戏的时候，我忙着照应牌局，没时间去看。"玉华婶笑了，"这是我那三儿媳妇的爹对我说的。他说：你就没有看过打金枝吗？我不知道这是一句什么话，又不好去问外人，单等你回来。"

"那不是一句坏话。"我说，"那可能是劝你不要管儿子媳妇间的闲事。"

随后，我把《打金枝》这出戏的剧情，给她介绍了一下。这一介绍，玉华婶火了，她大声骂道：

"就凭他们家，才三天半不要饭吃了，能出一根金枝？我看是狗屎，擦屁股棍儿！他成了皇帝，他要成了皇帝，我就是玉皇！"

我怕叫她的儿媳听见，又惹是非，赶紧往外努努嘴，托辞着出来了。玉华婶也知趣，就不再喊叫了。

一九八三年九月二日晨改讫

疤 增 叔

因为他生过天花，我们叫他疤增叔。堂叔一辈，还有一个名叫增的，这样也好区别。

过去，我们村的贫苦农民，青年时，心气很高，不甘于穷乡僻壤这种饥一顿饱一顿的生活，想远走高飞。老一辈的是下关东，去上半辈子回来，还是受苦，壮心也没有了。后来，是跑上海，学织布。学徒三年，回来时，总是穿一件花丝格棉袍，村里人称他们为上海老客。

疤增叔是我们村去上海的第一个人。最初，他也真的挣了一点钱，汇到家里，盖了三间新北屋，娶了一房很标致的媳妇。人人羡慕，后来经他引进，去上海的人，就有好几个。

疤增叔其貌不扬，幼小时又非常淘气，据老一辈说，他每天拉屎，都要到树杈上去。为人甚为精明，口才也好，见识又广。有一年寒假完了，我要回保定上学，他和我结伴，先到保定，再到天津，然后坐船到上海，这样花路费少一些。第一天，我们宿在安国县我父亲的店铺里。商店习惯，来了客人，总有一个二掌柜陪着说话。我在地下听着，疤增叔谈上海商业行情，头头是道，真像一个买卖人，不禁为之吃惊。

到了保定，我陪他去买到天津的汽车票，不坐火车坐汽车，也是为的省钱。买了明天的汽车票，疤增叔一定叫汽车行给写个字据：如果不按时间开车，要加倍赔偿损失。那时的汽车行，最好坑人骗钱，这又是他出门多的经验，使我非常佩服。

究竟他在上海干什么，村里也传说不一。有的说他给一家纺织厂当跑外，有的说他自己有几张机子，是个小老板。后来，经他引进到上海去的一个本家侄子回来，才透露了一点实情，说他有时贩卖白面（毒品），装在牙粉袋里，过关口时，就叫这个侄子带上。

不久，他从上海带回一个小老婆，河南人，大概是跑到上海去觅生活的，没有办法跟了他。也有人说，疤增叔的二哥，还在打光棍，托他给找个人，他给找了，又自己霸占了，二哥并因此生闷气而死亡。

又有一年，他从河南赶回几头瘦牛来，有人说他把白面藏在牛的身上，牛是白搭。究竟怎样藏法，谁也不知道。

后来，他就没挣回过什么，一年比一年潦倒，就不常出门，在家里做些小买卖。有时还卖虾酱，掺上很多高粱糁子。

家里娶的老伴，已经亡故。在上海弄回的女人，给他生了一个儿子，中间一度离异，母子回了河南，后来又找回来，现在已长大成人，出去工作了。

原来的房子，被大水冲塌，用旧砖垒了一间屋子，老两口就住在里面，谁也不收拾，又脏又乱。

一年春节，人们夜里在他家赌钱。局散了以后，老两口吵了起来，老伴把他往门外一推，他倒在地下就死了。

一九八三年九月三日

秋 喜 叔

秋喜叔的父亲，是个棚匠。家里有一捆一捆的苇席，一团一团的麻绳，一根大弯针，每逢庙会唱戏，他就被约去搭棚。

这老人好喝酒，有了生意，他就大喝。而每喝必醉，醉了以后，他从工作的地方，摇摇晃晃地走回来，进村就大骂，一直骂进家里。有时不进家，就倒在街上骂，等到老伴把他扶到家里，躺在炕上，才算完事。人们说，他是装的，借酒骂人，但从来没有人去拾这个碴儿，和他打架。

他很晚的时候，才生下秋喜叔。秋喜叔并无兄弟姐妹，从小还算是娇生惯养的，也上了几年小学。

十几岁的时候，秋喜叔跟着一个本家哥哥去了上海，学织布。不愿意干了，又没钱回不了家，就当了兵，从南方转到北方。那时我在保定上中学，有一天，他送来一条棉被，叫我放假时给他带回家里。棉被里里外外都是虱子，这可能是他在上海学徒三年的惟一剩项。第二天，又来了两个军人找我，手里拿着皮带，气势汹汹，听他们的口气，好像是秋喜叔要逃跑，所以先把被子拿出来。他们要我到火车站他们的连部去对证。那时这种穿二尺半的丘八大爷们，是不好对付的，我没有跟他们走。好在这是学校，他们也无奈我何。

后来，秋喜叔终于跑回家去，结了婚，生了儿子。抗日战争时，家里困难，他参加了八路军，不久又跑回来。

秋喜叔的个性很强，在农村，他并不愿意一锄一镰去种地，也不愿推车担担去做小买卖。但他也不赌博，也不偷盗。在村里，他年纪不大，辈分很高，整天道貌岸然，和谁也说不来，对什么事也看不惯。躲在家里，练习国画。土改时，他从我家拿去一个大砚台，我回家时，他送了一幅他画的"四破"，叫我赏鉴。

他的父亲早已去世，他这样坐吃山空，日子一天不如一天。家里地里的活儿，全靠他的老伴。那是一位任劳任怨，讲究三从四德的农村劳动妇女，整天蓬头垢面，钻在地里砍草拾庄稼。

秋喜叔也好喝酒，但是从来不醉。也好骂街，但比起他的父亲来，就有节制多了。

秋天，村北有些积水，他自制一根钓竿，从早到晚，坐在那里垂钓。其实谁也知道，那里面并没有鱼。

他的儿子长大了，地里的活也干得不错，娶了个媳妇，也很能劳动，眼看日子会慢慢好起来。谁知这儿子也好喝酒，脾气很劣，为了一点小事，砍了媳妇一刀，被法院判了十五年徒刑，押到外地去了。

从此，秋喜叔就一病不起，整天躺在炕上，望着挂满蛛网的屋顶，一句话也不说。谁也说不上他得的是什么病，三年以后才死去了。

一九八三年九月二日下午

新 春 怀 旧

东 宁 姨 母

昨晚看电视，"神州风采"节目，介绍东北边陲小城东宁县。这个地名，我从小就知道。但究竟在哪里？离我的家乡到底有多远？是个什么地方，什么样子？我全都茫然。我细心地观看了电视上的介绍，感到在那熙熙攘攘的人流中，一定有我二姨母家的后代子孙。

外祖父家很贫苦，二姨母嫁给北黄城杜姓。姨父结婚不久，就下了关东。姨母生下一个男孩，叫书田，婆家不好住，姨母就带着孩子，住在娘家，有时住在我家，寄人篱下，生活很苦。这样一直到书田表哥十来岁上，姨父才来信，叫她到东北去，就是东宁县。

姨母在我家住时，常给我讲故事。她博通戏文，记忆力也很好。另外，她曾送给我二十四个铜钱，说上面的字，连起来是一首诗。我也忘记是些什么铜钱，当姨母启程时，母亲对我说，这些铜钱可以镇邪，乘车车不翻，乘舟舟不漏，叫我还给姨母了。

姨母到了东北以后，母亲常叫我给姨母写信。有一次我把省份弄错了，镇上的邮政代办所叫另写，母亲知道后，狠狠骂了我一顿，说我白念了书。一个小镇的代办人员，能对东宁这个边远小县，记得如此清楚，可见当年我们那一带，有多少人流浪在那里，有多少信件往来了。

姨母到了那里，又生了一个男孩，取名东转。听母亲说，姨父原来不务正业，下关东后，原先在赌场，给人家"跑合"。姨母去了以后，才回心转意，往正道上奔。加上姨母很能干，这样每年可以积攒一些钱，寄到我家，代买了几亩地。先由我家代种，后改由三姨母家代种。

书田表哥也大了，在东宁县开了一个小杂货店，我常常见到他写给我父亲的信，每次都通报那里粮食的价格。

东转表弟，不大安分。日军侵占东北以后，他当了伪军。"五一大扫荡"时，家乡传说他曾到冀中，但谁也没有亲眼见过他。

全国解放以后，书田表哥不知怎么弄到一本我写的小说，他给我写信说，已告知姨母，并说"这是一段佳话"。

"文革"时，我在报社大院劳动，书田哥的一个儿子来看我，在院里说了几句话，知道姨母早已去世，书田哥的老伴也故去了。小杂货铺已关闭，书田哥现在一家饭馆当会计。

后来，我的工资恢复，我的老伴也死去，很是苦闷孤独，思念远亲，我给书田哥寄去三十元钱，想换回些同情和安慰。没想到，他来了封回信，问起他家那几亩地，有些和我算账的意思。我真有些不愉快了。他老糊涂了，连老区的土改都不知道。后来，我没有再给他写过信。他也早已去世了。

从电视上，我知道东宁是中国、俄国、朝鲜，多民族聚居的地方，看起来，是很繁华热闹的。我幼年时，除去东宁，还知道一个地名叫黑河，是我大舅父去过的地方，前些日子，"神州风采"节目中，也介绍过。

那时人们想赚钱，都往东北跑，现在是奔东南。都是在春节过后，告别故乡。过去是背着简单的行李，徒步赶路。现在是携家带口，挤上火车。

一九九二年二月二十三日

同 乡 鲁 君

抗战前，我有一个既是同乡又是同学的朋友，他姓鲁。他的家，离我们村十几里地，每年春节，他都骑车到我家拜年，一见我母亲就问："伯母好！"这在今天，本是一句普通话，但在那时的农村，却显得特别文明、洋气。所以我的乡下老伴，一直记得，还有时模仿他的鞠躬动作。

旧社会，封建观念重，中学里也有同乡会。都是高年级的学生主持。我升到高中时，也担任这种脚色。鲁比我小三岁，把我看作兄长。

七七事变，有办法和有钱的学生，纷纷南逃，鲁有一个做官的伯父，也南下了。我没有办法，也没有钱，就在本地参加抗日工作。

从那时起，一直到前年，没有鲁的音讯，我总以为他到了台湾。忽然有一天，出版社转来一封他写给我的信，才知道他在重庆当教授，并创办了一所大学。现已退休。

从此就书信不断，听说我心脏不好，他给我寄红参，又寄人参。去年到北京开会，又专门来看我一次，住了一夜。我记得，我们是六十年不见了。他说是五十六年。他是学数学的，是测绘专家，当然记得准确。

这些年我很少招待亲朋。他以前表示要来，我也没有做过积极的反应。我以为少年之交，如同朝霞。多年不见，风轻云淡，经历不同，性格各异，最好以通信方式，保持友谊，不一定聚会多谈。实际上，在通过几次信件以后，各人的大体情况，都互相知道得差不多了，见面之后，也不一定有多少话好说。

但像鲁这样的朋友，他要来，我是不好拒绝的，也是希望见见的。

因为这不只是多年不见，也恐怕是最后一面了。我珍惜我们少年时的友谊。

他是中午打电话来，告诉我到天津的时间的。整个下午，我都在紧张，一听见楼梯响，就开门看看。但直到六点，他还没有来。做饭的人，到时要下班，我只好先吃饭。刚拿起筷子，他就来了。

他是下了火车，坐公共汽车来的，身上还带着很多雪花。这使我很过意不去。我原想他会租一辆车来的。

我们一起，吃了一顿便饭。

晚上，我破例陪他说了很长时间的话，都是重复在信上说过的话。一边说话，少年时天真相聚的景象，一边在我脑子里闪现，越发增加了我伤逝的惆怅情绪。

我不愿重会多年不见的朋友，还有一个原因。就是相互之间的隔膜和不了解。人家以为我参加工作早，老干部，生活条件一定如何好，办法一定如何多。其实完全不是那么回子事。一见面会使老朋友失望，甚至伤心。

好在鲁的性格还没有变，还是那样乐观。能够体谅我，也敢于规劝我。他会中医，给我诊了脉，说心脏没有大问题。第二天，又帮做饭和包饺子，细细了解了我的生活习性和现状。他放心了。

在此以前，我把我所写的书，全寄给他了。这次来，知道他在练字，又没有好字帖，又送给他一部北京日报社印的，《三希堂字帖》四厚册，书是全新的，也太笨重，我已无力给他包裹，他自己捆了捆，手也不好用了。看来他很喜欢。

他对我说，我高中毕业时，把所有的英文书籍：《莎氏乐府本事》《泰西五十轶事》《林肯传》，都留给了他。又说，他从来不看小说，在他主办的大学里，图书馆也不买文艺书。但我的书，他都读了，主要是从中了解我的生活和经历。

我也想起不少往事。我曾经向他家要过一对大白鹅，鲁特意叫人给我送到家里。他家深宅大院，养鹅可以，我家是农舍小院，养这个并不适宜。我年轻好事，养在场院里，鹅仰头一叫，声震四邻。抗日期间，根据地打狗，家里怕惹事，就把鹅宰了。这是妻子后来告诉我的。

走时，我叫儿子借了一辆车，送他到车站，并扶他上了火车。

一九九二年二月二十六日

小　贩

　　我在农村长大，没见过大杂院。后来在保定，到一个朋友家里，见到几户人家，同时在院子里生炉子做饭，乱哄哄的，才有了大杂院的印象。

　　我现在住的大杂院，有三十几户人家，一百多口人，其大其杂，和没有秩序，是可以想象的。每天还川流不息地有小贩进来，吆喝、转游、窥探。不知别人怎样，我对这些人的印象，是不怎么好的。他们肆无忌惮，声音刺耳，心不在焉，走家串户，登堂入室。买破烂的还好，在院里高声喊叫几声，游行一周，看看没有什么可图，就出去了。卖鸡蛋、大米、香油的，则常常探头探脑地到门口来问。最使人感到不安的，是卖菜刀的。青年人，长头发，短打扮，破书包里装着几把，手里拿着一把，不声不响地走进屋来，把手里的菜刀，向你眼前一亮：

　　"大爷来把刀吧！"

　　真把人冷不防吓一跳。并且软硬兼施，使孤身的老年人，不知如何应付，觉得最好的办法，还是言无二价地买他一把。因为站在面前的，好像不是卖刀的杨志，倒是那个买刀的牛二。

　　虽然有人在大门上，用大字写上了"严禁小贩入内"。在目前这个情况下，也只能是：有禁不止。

据说，这些小贩，在经济基础上，还有许多区分：有全民的，有集体的，有个体的。总之，不管属于哪一类，我一听到他们的吆喝声，就进户关门。我老了，不想买什么，也不想卖什么，需要的是安静和安全。

老年人习惯回忆，我现在常常想起，我幼年时在乡村，或青年时在城市，见到的那些小贩。

我们的村子是个小村，只有一百来户人家。一年之内，春夏秋冬，也总有一些小贩，进村来做买卖。早晨是卖青菜的，卖豆腐的，卖馒头的，晚上是卖擀杂面的，卖牛肉包子的。闲时是打铁的，补锅的，锔碗的，甩绸缎的。年节时是耍猴，唱十不闲、独角戏的。如果打板算卦也可以算在内，还能给村民带来音乐欣赏。我记得有一个胖胖的身穿长袍算卦的瞎子，一进村就把竹杖夹在腋下。吹起引人入胜的笛子来，他自己也处在一种忘我的情态里，即使没有人招揽他做生意，他也心满意足，毫无遗憾，一直吹到街的那头，消失到田野里去。

这些小贩进村来卖针线的，能和妇女打交道，卖玩具的，能和小孩打交道，都是规规矩矩，语言和气，不管生意多少，买卖不成人情在，和村民建立了深厚的感情。再进村，就成了熟人、朋友。如果有的年轻人调皮，年老的就告诫说，小本买卖，不容易，不要那样。

我在保定上中学时，学校门口附近有一个摊贩。他高个子，黑脸膛，沉静和气，从不大声说话，称呼我们为先生。在马路旁，搭了一间小棚，又用秫秸纸墙隔开，外面卖花生糖果，烧饼猪肉。纸墙上开一个小口，卖馄饨。当垆的是他的老婆，年纪不大，长得十分俊俏，从来不说话，也没有一点声响。只是听男人说一声，她就从小窗口，送出一碗馄饨来。我去得多了，和她丈夫很熟，可以赊账，也只是从小窗口偶尔看见过她的容颜。

学校限制学生吃零食，但他们的生意很好，我上学六年，他们一直在那里。听人说，他们是因为桃色事件，从山东老家逃到这里来的。夜晚，他们就睡在那间小小的棚子里，靠做这个小买卖，维持生活，享受幸福。

小棚子也经受风吹雨打，夜晚，他们做的是什么样的梦，我有时想写一篇小说。又觉得没有意思。写成了，还不是一篇新的文君当垆的故事。

不过，我确是常常想，他们为什么能那样和气生财，那样招人喜爱，那样看重自己的职业，也使得别人看重自己。他们不是本小利薄吗？不是早出晚归吗？劳累一年，才仅仅能养家糊口吗？

一九八五年八月三十一日

老 同 学

　　赵县邢君，是我在保定育德中学上高中时的同班同学。当时，他是从外地中学考入，我是从本校初中毕业后，直接升入的。他的字写得工整，古文底子很好，为人和善。高中二年同窗，我们感情不错。

　　毕业后，他考入北京大学中文系，我则因为家贫，无力升学，在北平流浪着。我们还是时有过从，旧谊未断。为了找个职业，他曾陪我去找过中学时的一位国文老师。事情没有办成，我就胡乱写一些稿子，投给北平、天津一些报纸。文章登不出来，我向他借过五元钱。后来，实在混不下去，我就回老家去了。

　　他家境虽较我富裕，也是在求学时期。他曾写信给我，说他心爱的二胡，不慎摔碎了，想再买一把，手下又没钱。意思是叫我还账。我回信说，我实在没钱，最近又投寄一些稿件，请他星期日到北京图书馆，去翻翻近来的报纸，看看有登出来的没有。如果有，我的债就有希望还了。

　　他整整用了半天时间，在图书馆翻看近一个月的平津报纸，回信说：没有发见一篇我的文章。

　　这些三十年代初期的往事，可以看出我们那时都是青年人；有热情，但不经事，有一些天真的想法和做法。

从此以后，我们就没有再见过面，那五元钱的债，也一直没得偿还。

前年春夏之交，忽然接到这位老同学的信，知道他已经退休，回到本县，帮助编纂地方志。他走过的是另一条路：大学毕业后，就在国民党政权下做事。目前处境不太好，又是孤身一人。

我叫孩子给他寄去二百元钱，也有点还债的意思。这是解决不了多少问题的。我又想给他介绍一些事做，也一时没有结果。最后，我劝他写一点稿子。

因为他曾经在旧中华戏曲学校任过职。先写了一组谈戏的文章寄来。我介绍给天津的一家报纸，只选用了两篇。当时谈京剧的文章很多，有些材料是重复了。

看来投稿不顺利，他兴趣不高，我也有点失望。后来一想：老同学有学识，有经历，文字更没问题，是科班出身。可能就是没有投过稿，摸不清报纸副刊的脾气，因此投中率不高。而我给报纸投稿，不是自卖自夸，已有半个世纪以上的历史，何不给他出些主意，以求改进呢？从报上看到钱穆教授在台湾逝世，我就赶紧给老同学写信，请他写一篇回忆文字寄来，因为他在北大听过钱的课。

这篇文章，我介绍给一家晚报，很快就登出来了。老同学兴趣高涨，接连寄来一些历史方面的稿件，这家报纸都很快刊登。编辑同志并向我称赞作者笔下干净，在目前实属难得。

这样，一个月能有几篇文章发表，既可使他老有所为，生活也不无小补，我心中是非常高兴的。每逢把老同学的稿子交到报社，我便计算时日，等候刊出。刊出以后，我必重读一遍，看看题目有无变动，文字有无修改。

这也是一种报偿，报偿三十年代，老同学到北京图书馆，为我查阅报纸的劳绩。不过，这次并不是使人失望，而是充满喜悦，充满希望的。老同学很快就成为这家报纸的经常撰稿人了。

老同学在旧官场，混了十几年，路途也是很坎坷的，过去，恐怕从没有想过投稿这件事。现在，踏入这个新门坎，也会耕之耘之，自得其乐的吧。

芸斋曰：余之大部作品，最早均发表在报纸副刊。晚年尤甚，所作难登大雅之堂，亦无心与人争锋争俏，遂不再向大刊物投稿，专供各地报纸副刊。

朋友或有不解，以为如此做法，有些自轻趋下。余以为不然。向报纸投稿，其利有三：一为发表快；二为读者面广；三为防止文章拉长。况余初起步时，即视副刊为圣地，高不可攀，以文章能被采用为快事、幸事！至老不疲，亦完其初衷，示不忘本之意也。惟投稿副刊，必有三注意：一、了解编辑之立场、趣味；二、不触时忌而能稍砭时弊；三、文字要短小精悍而略具幽默感。书此，以供有志于进军副刊者参考。鲁迅文学事业，起于晨报副刊，迄于申报副刊，及至卧床不起，仍呼家人"拿眼镜来，拿报纸来！"此先贤之行谊，吾辈所应借鉴者也。

一九九〇年十一月十二日

暑 期 杂 记

思 念 文 会

近日，时常想念文会，他逝世已有数年。想打听一下他的家属近状，也遇不到合适的人。

文会少年参军，不久任连队指导员。"文革"后期，我托他办事，已知他当年的连长，任某省军区司令。他如不转到地方工作，生前至少已成副军级无疑。

可惜他因爱好文艺，早早转业，到了地方文艺团体，这不是成全人的所在，他又多兼行政职务，写作上没有什么成绩。

文会进城不久就结了婚，妻子很美。家务事使他分心不小。老母多年卧床不起。因受刺激，文会神经曾一度失常。

文会为人正直热情，有指导员作风。外表粗疏，内心良善，从不存害人之心，即此一点，已属难得。

他常拿稿子叫我看。他的文字通顺，也有表现力。只是在创作上无主见，跟着形势走，出手又慢，常常是还没定稿，形势已变，遂成废品。此例甚多，成为他写作的一个特点。

但他的用心是好的，出发点是真诚的，费力不讨好，也是真的。

那时创作，都循正途——即政治，体验，创作。全凭作品影响，成功不易。

今天则有种种捷径，如利用公款，公职，公关，均可使自己早日成名。广交朋友，制造舆论，也可出名。其中高手，则交结权要、名流，然后采取国内外交互哄抬的办法，大出风头。作品如何，是另外一回事。

"文革"以后，文会时常看望我。我想到他读书不多，曾把发还书中的多种石印本送给他，他也很知爱惜。

文会先得半身不遂，后顽强锻炼，恢复得很好。不久又得病，遂不治，年纪不大，就逝去了。那时我心情不好，也没有写篇文章悼念他。现在却越来越觉得文会是个大好人，这样的朋友，已经很难遇到。

一九九一年七月二十三日下午

胡 家 后 代

我从十二岁到十四岁，同母亲、表姐，借住在安国县西门里路南胡姓干娘家。那时胡家长子志贤哥管家，待我很好。志贤嫂好说好笑，对人也很和善。他们有一个女儿，名叫俊乔，正在上小学，是胡家最年幼的一代。

天津解放以后，志贤哥曾到我的住处，说俊乔在天津护士学校读书。但她一直没有找过我，当时我想，可能是因为我在她家时，她年纪小，和我不熟，不愿意来。后来，我事情多，也就把她忘记了。

前几天，有人敲门，是一位老年妇女。进屋坐下以后，她自报姓名胡俊乔，我惊喜地站起来，上前紧紧拉住她的手。

我非常兴奋，问这问那。从她口中得知，她家的老一辈人都去世了，包括她的祖母、父母、叔婶、二姑。我听完颓然坐在椅子上。我想到：那时同住的人，在我家，眼前就剩下了我；在她家，眼前就只剩下她了。她现在已经六十七岁，在某医院工作。

　　她是来托我办事的。我告诉她，我已经多年不出门，和任何有权的人，都没有来往。我介绍她去找我的儿子，他认识人多一些，看看能不能帮她解决问题。她对我不了解，我找了几本我写的书送给她。

　　芸斋曰：我中年以后，生活多困苦险厄，所遇亦多不良。故对过去曾有恩善于我者，思有所报答。此种情感，近年尤烈。然已晚矣。一九五二年冬，我到安国县下乡，下车以后，即在南关买了一盒点心，到胡家去看望老太太，见到志贤兄嫂。当时土改过后，他家生活已很困难，我留下了一点钱。以后也就没有再去过。如无此行，则今日遗憾更深矣。

　　　　　　　　　　　　一九九一年七月二十四日上午

故园的消失

　　土改后，老家剩下三间带耳房的北屋。举家来津后，先是生产大队放置农具，原来母亲放在屋里的一些木料和杂物，当家本院的，都拿去用了，连两条木炕沿也拆走了。但每年雨季，他们见房子坍塌漏雨，也给修理修理。后来房顶茅草丛生，房基歪斜，生产队也没有了，就没有人再愿意管它。

　　村支部书记曾给我来过一封信，说明这种情况，问我如何处理。那时外面事情很多，我心里乱糟糟，实在顾不上这些事，就写了一封回信，大意是：也不拆，也不卖，听其自然，倒了再说。

　　后来知道，这座老屋，除去有倒塌的危险，还妨碍着村里新的街道规划。"文化大革命"后不久，当捐献集资之风刮起的时候，村里来了三个人：老支书、新支书和一个老贫农团员。我先安排他们找了个旅舍住下，并说明我这里没有人做饭，给了他们三十元钱，到附近饭馆用餐。第二天上午，才开始谈话。

　　他们说村里想新建一所小学校，县里又不给拨款，所以出来找找在外地工作的同志。

　　我开门见山地说，建小学，每个人都有责任。从我在村里上小学时，就没有一个正规的校舍，都是借用人家的闲房闲院。可是，你们不能对我抱过高的希望。村里传说我有多少钱，那都是猜想。我没有写出很红的书，销数都不大。过去倒是存了一些稿费，"文化大革命"时，大部分都上缴了。现在老了，也写不了多少东西，稿费也很低。我说着，从书柜里拿出新出版的一本散文集，对他们说：

"这样一本书，要写一年多，人家才给八百元。你们考虑过那几间破房吗？"

"倒是考虑过。"老支书说。

我说："有两个方案：一个是我给你们两千元。一个是你们回去把旧房拆了卖了，我再给一千元。"

他们显然有些失望，同意了第二个方案。并把我给他们的饭费还给了我，说这是因公出差，回去可以报销，就告辞了。

又过了些日子，听说有报纸报道了我捐资兴学的消息，县里也来信表扬，我都认为是小题大做。后来，本乡的乡长又来了，说是想把新盖的小学，以我的名字命名。我说："别开玩笑。我拿两千块钱，就可以命名一所小学；如果拿两万，岂不是可以命名一所大学了吗？我的奉献是很微薄的，我们那里如果有个港商就好了。"

"你给题个校名吧！"乡长说。

我说："我的字写不好，也不想写。回去找个写好字的给写一下吧。"

我送给他一本《风云初记》和一本《芸斋小说》。

这件事就结束了。至此，老家已经是空白，不再留一草一木，一砖一瓦。这标志着：父母一辈人的生活经历，生活方式，生活志趣，生活意向的结束。也是一个从无到有，又从有到无的自然过程。

但老屋也留下了一张照片，这是儿子那年出差路经我村时拍摄的。可以看到，下沉的房基，油漆剥尽的屋门，空荡透风的窗棂，房前的杂草树枝，墙边的一只觅食的母鸡。儿子并说：他拍照时，并没有碰见一个村里的人。

　　芸斋主人曰：余少小离家，壮年军伍。虽亦眷恋故土，实少见屋顶炊烟。中间并有有家不得归者三次，时间相加十余年。回味一生，亲人团聚之情少，生离死别之痛多。漂萍随水，转蓬随风，及至老年，萍滞蓬摧，故亦少故园之梦矣。惟祝家乡兴旺，人材辈出而已。

　　　　　　　　　　　　　　　　　一九九一年五月三十日

芸 斋 琐 谈

谈　妒

"文人相轻"，是曹丕说的话。曹丕是皇帝、作家、文艺评论家，又是当时文坛的实际领导人，他的话自然是有很大的权威性。他并且说，这种现象是"自古而然"，可见文人之间的相轻，几几乎是一种不可动摇的规律了。

但是，虽然他有这么一说，在他以前以后，还是出了那么多伟大的作家和作品，终于使我国有了一本厚厚的琳琅满目的文学史。就在他的当时，建安文学也已经巍然形成了一座艺术的高峰。

这说明什么呢？只能说明文人之相轻，只是相轻而已，并不妨碍更不能消灭文学的发展。文人和文章，总是不免有可轻的地方，互相攻磨，也很难说就是嫉妒。记得一位大作家，在回忆录中，记述了托尔斯泰对青年作家的所谓妒，并不当作恶德，而是作为美谈和逸事来记述的。

妒、嫉，都是女字旁，在造字的圣人看来，在女性身上，这种性质，是于兹为烈了。中国小说，写闺阁的妒嫉的很不少，《金瓶梅》写得最淋漓尽致，可以说是生命攸关、你死我活。其实这只能表示当时妇女生存之难，并非只有女人才是这样。

据弗洛伊德学派分析，嫉妒是一种心理状态，是人人都具有的，从儿童那里也可以看到的。这当然是一种缺陷心理，是由于羡慕一种较高的生活，想获得一种较好的地位，或是想得到一种较贵重的东西产生的。自己不能得到心理的补偿，发现身边的人，或站在同等位置的人先得到了，就会产生嫉妒。

按照达尔文的生物学说以及遗传学说，这种心理，本来是不足奇怪，也无可厚非的。这是生物界长期在优胜劣败、物竞天择这一规律下生存演变，自然形成的，不分圣贤愚劣，人人都有份的一种本能。

它并不像有些理学家所说的，只有别人才会有，他那里没有。试想：性的嫉妒，可以说是一种典型的"妒"，如果这种天生的正人君子，涉足了桃色事件，而且做了失败者，他会没有一点妒心，无动于衷吗？那倒是成了心理的大缺陷了。有的理论家把嫉妒归咎于"小农经济"，把意识形态甚至心理现象简单地和物质基础联系起来，好像很科学。其实，"大农经济"，资本主义经济，也没有把这种心理消灭。

蒲松龄是伟大的。他在一篇小说里，借一个非常可爱的少女的口说："幸灾乐祸，人之常情，可以原谅。"幸灾乐祸也是一种嫉妒。

当然，这并不是一种可贵的心理，也不是不能克服的。人类社会的教育设施、道德准则，都是为了克服人的固有的缺陷，包括心理的缺陷，才建立起来并逐渐完善的。

嫉妒心理的一个特征是：它的强弱与引之发生的物象的距离，成为正比。就是说，一个人发生妒心，常常是由于只看到了近处，比如家庭之间、闺阁之内、邻居朋友之间，地位相同，或是处境相同，一旦别人较之上升，他就发生了嫉妒。

如果，他增加了文化知识，把眼界放开了，或是他经历了更多的社会磨炼，他的妒心，就会得到相应的减少与克服。

人类社会的道德准则，对这种心理，是排斥的，是认为不光彩的。这样有时也会使这种心理，变得更阴暗，发展为阴狠毒辣，驱使人去犯罪，造成不幸的事件。如果当事人的地位高，把这种心理加上伪装，其造成的不幸局面，就会更大，影响的人，也就会更多。

由嫉妒造成的大变乱，在中国历史上，是不乏例证的。远的不说，即如"文化大革命"，"四人帮"的所作所为，其中就有很大的嫉妒心理在作祟。他们把这种心理，加上冠冕堂皇的伪装，称之为"革命"，并且用一切办法，把社会分成无数的等级、差别，结果造成社会的大动乱。

革命的动力，是经济和政治主导的、要求的，并非仅凭嫉妒心理，泄一时之忿，可以完成的。以这种缺陷心理为主导，为动力，是不能支持长久的，一定要失败的。

最不容易分辨清楚的是：少数人的野心，不逞之徒的非分之想，流氓混混儿的趁火打劫，和广大群众受压迫，所表现的不平和反抗。

项羽看见秦始皇，大言曰："彼可取而代也。"猛一听，其中好像有嫉妒的成分。另一位英雄所喊的："帝王将相，宁有种乎？"乍一看也好像是一个人的愤愤不平，其实他们的声音是和时代，和那一时代的广大群众的心相连的，所以他们能取得一时的成功。

一九八一年十二月二十八日

谈　才

六十年代之末，天才二字，绝迹于报章。那是因为从政治上考虑，自然与文学艺术无关。

近年来，这两个字提到的就多了，什么事一多起来，也就有许多地方不大可信，也就与文学艺术关系不大了。例如神童之说，特异功能之说等等，有的是把科学赶到迷信的领地里去，有的却是把迷信硬拉进科学的家里来。

我在年幼时，对天才也是很羡慕的。天才是一朵花，是一种果实，一旦成熟，是很吸引人的注意的。及至老年，我的态度就有了些变化。我开始明白：无论是花朵或果实，它总是要有根的，根下总要有土壤的。没有根和土壤的花和果，总是靠不住的吧。因此我在读作家艺术家的传记时，总是特别留心他们还没有成为天才之前的那一个阶段，就是他们奋发用功的阶段，悬梁刺股的阶段；他们追求探索，四顾茫然的阶段；然后才是他们坦途行进，收获日丰的所谓天才阶段。

现在已经没有人空谈曹雪芹的天才了，因为历史告诉人们，曹除去经历了一劫人生，还在黄叶山村，对文稿披阅了十载，删改了五次。也没有人空谈《水浒传》作者的天才了，因为历史也告诉人们，这一作者除去其他方面的修养准备，还曾经把一百零八名人物绘成图样，张之四壁，终日观摩思考，才得写出了不同性格的英雄。也没有人空谈王国维的天才了，因为他那种孜孜以求，有根有据，博大精深的治学方法，也为人所熟知了。海明威负过那么多次致命的伤，中了那么多的弹片，他才写得出他那种有关生死的小说。

所以我主张，在读天才的作品之前，最好先读读他们的可靠的传记。说可靠的传记，就是真实的传记，并非一味鼓吹天才的那种所谓传记。

天才主要是有根，而根必植在土壤之中。对文学艺术来说，这种土壤，就是生活，与人民有关的，与国家民族有关的生活。从这里生长起来，可能成为天才，也可能成不了天才，但终会成为有用之材。如果没有这个根柢，只是从前人或国外的文字成品上，模仿一些，改装一些，其中虽也不乏一些技巧，但终不能成为天才的。

谈　名

名之为害，我国古人已经谈得很多，有的竟说成是"殉名"，就是因名致死，可见是很可怕的了。

但是，远名之士少，近名之士还是多。因为在一般情况下，名和利又常常联系在一起，与生活或者说是生计有关，这也就很难说了。

习惯上，文艺工作中的名利问题，好像就更突出。

余生也晚，旧社会上海滩上文坛的事情，知道得少。我发表东西，是在抗日战争时期和解放战争时期。这两个时期，在敌后根据地，的的确确没有稿费一说。战士打仗，每天只是三钱油三钱盐，文人拿笔写点稿子，哪里还能给你什么稿费？虽然没有利，但不能说没有名，东西发表了，总是会带来一点好处的。不过，冷静地回忆起来，所谓"争名夺利"中的两个动词，在那个时代，是要少一些，或者清淡一些。

进城以后，不分贤与不肖，就都有了这个问题，或多或少。每个人也都有不少经验教训，事情昭然，这里也就不详谈了。

文人好名，这是个普遍现象，我也不例外，曾屡次声明过。有一点点虚名，受过不少实害，也曾为之发过不少牢骚。对文与名的关系，或者名与利的关系，究竟就知道得那么详细？体会得那么透彻吗？也不尽然。

就感觉所得，有的人是急于求名，想在文学事业上求得发展。大多数是青年，他们有的在待业，有的虽有职业，而不甘于平凡工作的劳苦，有的考大学未被录取，有的是残疾。他们把文学事业想得很简单，以为请一个名师，读几本小说，订一份杂志，就可以了。我有时也接到这些青年人的来信，其中有不少是很朴实诚笃的人，他们确是把文章成名看做是一种生活理想，一种摆脱困难处境的出路。我读了他们的信，常常感到心里很沉重，甚至很难过。但如果我直言不讳，说这种想法太天真，太简单，又恐怕扫他们的兴，增加他们的痛苦。

也有一种幸运儿，可以称之为"浪得名"的人。这在五十年代末至七十年代末，几十年间，是常见的，是接二连三出现的。或以虚报产量，或以假造典型，或造谣言，或交白卷，或写改头换面的文章，一夜之间，就可以登名报纸，扬名宇内。自然，这种浪来之名，也容易浪去，大家记忆犹新，也就不再多说了。

还有一种，就是韩愈说的"动辄得咎，名亦随之"的名。在韩愈，他是总结经验，并非有意投机求名。后来之士，却以为这也是得名的一个好办法。事先揣摩意旨，观察气候，写一篇小说或报告，发人所不敢言者。其实他这样做，也是先看准现在是政治清明，讲求民主，风险不大之时。如果在阶级斗争不断扩大化的年代，弄不好，会戴帽充军，他也就不一定有这般勇气了。

总之，文人之好名——其实也不只文人，是很难说也难免的，不可厚非的。只要求出之以正，靠努力得来就好了。江青不许人谈名利，不过是企图把天下的名利集结在她一人的身上。文优而仕，在我们国家，是个传统，也算是仕途正路。虽然如什么文联、协会之类的官，古代并没有，今天来说，也不上仕版，算不得什么官，但在人们眼里，还是和名有些关联，和生活有些关联。因此，有人先求文章通显，然后转入宦途，也就不奇怪了。

戴东原曰：仆数十年来……其得于学者，不以人蔽己，不以己自蔽。不为一时之名，亦不期后世之名。凡求名之弊有二，非掊击前人以自表襮；即依傍昔儒，以附骥尾。二者不同，而鄙吝之心同。是以君子务在闻道也。

他的话，未免有点高谈阔论吧！但道理还是有的。

一九八二年四月二十五日晨

谈　谀

字典：逢迎之言曰谀，谓言人之善不实也。

谀，是一向当作不好的表现的。其实，在生活之中，是很难免的。我不知道，有没有一生之中，从来也没有谀过人的人。我回想了一下，自己是有过的。主要是对小孩、病人、老年人。

关于谀小孩，还有个过程。我们乡下，有个古俗，孩子缺的人家，生下女孩，常起名"丑"。孩子长大了，常常是很漂亮的。人们在逗弄这个小孩时，也常常叫"丑闺女，丑闺女"，她的父母，并不以为怪。

进入城市以后，长年居住在大杂院之中，邻居生了一个女孩，抱了出来叫我看。我仍然按照乡下的习惯，摸着小孩的脸蛋说："丑闺女，丑闺女。"孩子的母亲非常不高兴，脸色难看极了，引起我的警惕。后来见到同院的人，抱出小孩来，我就总是说："漂亮，这孩子真漂亮！"漂亮不漂亮，是美学问题，含义高深，因人而异，说对说错，向来是没有定论的。但如果涉及胖瘦问题，即近于物质基础的问题，就要实事求是一些，不能过谀了。有一次，有一位妈妈，抱一个孩子叫我看，我当时心思没在那上面，就随口说："这孩子多胖，多好玩！"孩子妈妈又不高兴了，抱着孩子扭身走去。我留神一看，才发现孩子瘦成了一把骨。又是一次经验教训。

对于病人，我见了总好说："好多了，脸色不错。"有的病人听了，也不一定高兴，当然也不好表示不高兴，因为我并无恶意。对老年人，常常是对那些好写诗的老年人，我总说他的诗写得好，至于为了什么，我在这里就不详细交代了。

但我自信，对青年人，我很少谀。过去如此，现在仍然如此。既非谀，就是直言（其实也常常拐弯抹角，吞吞吐吐）。因此，就有人说我是好"教训"人。当今之世,吹捧为上,"教训"二字,可是要常常得罪人,并有时要招来祸害的。

不过,我可以安慰自己的,是自己也并不大愿意听别人对我的谀,尤其是青年人对我的谀。听到这些,我常常感到惭愧不安,并深深为说这种话的人惋惜。

至于极个别的,谀他人(多是老一辈)的用心,是为了叫他人投桃报李,也回敬自己一个谀,而当别人还没有来得及这样去做,就急急转过身去,不高兴,口出不逊,以表示自己敢于革命,想从另一途径求得名声的青年,我对他,就不只是惋惜了。

附 记:

我平日写文章,只能作一题。听说别人能于同时进行几种创作,颇以为奇。今晨于写作"谈名"之时,居然与此篇交插并进,系空前之举。盖此二题,有相通之处,本可合成一篇之故也。

谈　谅

古代哲人、伟大的教育家孔子,在教人交友时特别强调一个"谅"字。

孔子的教学法,很少照本宣科,他总是把他的人生经验作为活的教材,去告诉他的弟子们,交友之道,就是其一。

是否可以这样说呢,人类社会之所以能维持下来,不断进步,除去革命斗争之外,有时也是互相谅解的结果。

谅,就是在判断一个人的失误时,能联系当时当地的客观条件,加以分析。

三十年代初,日本的左翼文学,曾经风起云涌般的发展,但很快就遭到政府镇压,那些左翼作家,又风一般向右转,当时称做"转向"。有人对此有所讥嘲。鲁迅先生说:这些人忽然转向,当然不对,但那里——即日本——的迫害，也实在残酷，是我们在这里难以想象的。他的话，既有原则性，也有分析，并把仇恨引到法西斯制度上去。

十年动乱，"四人帮"的法西斯行为，其手段之残忍，用心之卑鄙，残害规模之大，持续时间之长，是中外历史没有前例的，使不少优秀的，正当有为之年的，甚至是聪明乐观的文艺工作者自裁了。事后，有人为之悲悼，也有人对之责难，认为是"软弱"，甚至骂之为"浑"为"叛"，"世界观有问题"。这就很容易使人们想起，有些造反派把某人迫害致死后，还指着尸体骂他是自绝于人民，死不改悔等等，同样是令人难以索解的奇异心理。如果死者起身睁眼问道："你又是怎样活过来的呢？十年中间，你的言行都那么合乎真理正义吗？"这当然就同样有失于谅道了。

死去的是因为活不下去，于是死去了。活着的，是因为不愿意死，就活下来了。这本来都很简单。

王国维的死，有人说是因为病，有人说是因为钱（他人侵吞了他的稿费），有人说是被革命所吓倒，有人说是殉葬清朝。

最近我读到了他的一部分书札。在治学时，他是那样客观冷静，虚怀若谷，左顾右盼，不遗毫发。但当有人"侵犯"了一点点皇室利益，他竟变得那样气急败坏，语无伦次，强词夺理，激动万分。他不过是一个逊位皇帝的"南书房行走"，他不重视在中外学术界的权威地位，竟念念不忘他那几件破如意，一件上朝用的旧披肩，我确实为之大为惊异了。这样的性格，真给他一个官儿，他能做得好吗？现实可能的，他能做的，他不安心去做，而去追求迷恋他所不能的，近于镜花水月的事业，并以死赴之。这是什么道理呢？但终于想，一个人的死，常常是时代的悲剧。这一悲剧的终场，前人难以想到，后人也难以索解。他本人也是不太明白的，他只是感到没有出路，非常痛苦，于是就跳进了昆明湖。长期积累的，耳习目染的封建帝制余毒，在他的心灵中，形成了一个致命的大病灶。心理的病加上生理的病，促使他死亡。

他的学术是无与伦比的。我上中学的时候，就买了一本商务印的带有圈点的《宋元剧曲史》，对他非常崇拜。现在手下又有他的《流沙坠简》《观堂集林》等书，虽然看不大懂，但总想从中看出一点他治学的方法，求知的道路。对他的糊里糊涂的死亡，也就有所谅解，不忍心责难了。

还有罗振玉，他是善终的。溥仪说他在大连开古董铺，卖假古董。这可能是事实。这人也确是个学者，专门做坟墓里的工作。且不说他在甲骨文上的研究贡献，就是抄录那么多古碑，印那么多字帖，对后人的文化生活，提供了多少方便呀！了解他的时代环境，处世为人，同时也了解他的独特的治学之路，这也算是对人的一种谅解吧。他印的书，价虽昂，都是货真价实，精美绝伦的珍品。

谅，虽然可以称做一种美德，但不能否认斗争。孔子在谈到谅时，是与直和多闻相提并论的。直就是批评，规劝，甚至斗争。多闻则是指的学识。有学有识，才有比较，才有权衡，才能判断：何者可谅，何者不可谅。一味去谅，那不仅无补于世道，而且会被看成呆子，彻底倒霉无疑了。

一九八二年五月十五日

谈　慎

人到晚年，记忆力就靠不住了。自恃记性好，就会出错。记得鲁迅先生，在晚年和人论战时，就曾经因把《颜氏家训》上学鲜卑语的典故记反了，引起过一些麻烦。我常想，以先生之博闻强记，尚且有时如此，我辈庸碌，就更应该随时注意。我目前写作，有时提笔忘字，身边有一本过去商务印的学生字典给我帮了不少忙。用词用典，心里没有把握时，就查查《辞海》，很怕晚年在文字上出错，此生追悔不及。

这也算是一种谨慎吧。在文事之途上，层峦叠嶂，千变万化，只是自己谨慎还不够，别人也会给你插一横杠。所以还要勤，一时一刻也不能疏忽。近年来，我确实有些疏懒了，不断出些事故，因此，想把自己的书斋，颜曰"老荒"。

新写的文章，我还是按照过去的习惯，左看右看，两遍三遍地修改。过去的作品这几年也走了运，有人把它们东编西编，名目繁多，重复杂遝不断重印。不知为什么，我很没兴趣去读。我认为是炒冷饭，读起来没有味道。这样做，在出版法上也不合适，可也没有坚决制止，采取了任人去编的态度。校对时，也常常委托别人代劳。文字一事，非同别个，必须躬亲。你不对自己的书负责，别人是无能为力，或者爱莫能助的。

最近有个出版社印了我的一本小说选集，说是自选，我是让编辑代选的。她叫我写序，我请她摘用我和吴泰昌的一次谈话，作为代序。清样寄来，正值我身体不好，事情又多，以为既是摘录旧文章，不会有什么错，就请别人代看一下寄回付印了。后来书印成了，就在这个关节上出了意想不到的毛病。原文是我和吴泰昌的谈话，编辑摘录时，为了形成一篇文章，把吴泰昌说的话，都变成了我的话。什么在我的创作道路上，一开始就燃烧着人道主义的火炬呀。什么形成了一个大家公认的有影响的流派呀。什么中长篇小说，普遍受到好评呀。别人的客气话，一变而成了自我吹嘘。这不能怪编辑，如果我自己能把清样仔细看一遍，这种错误本来是可以避免的。此不慎者一。

近年来，有些同志到舍下来谈后，回去还常常写一篇文字发表，其中不少佳作，使我受到益处。也有用报告文学手法写的，添枝加叶，添油加醋。对此，直接间接，我也发表过一些看法。最近又读到一篇，已经不只是报告文学，而是近似小说了。作者来到我家，谈了不多几句话，坐了不到一刻钟，当时有旁人在座，可以做证。但在他的访问记里，我竟变成了一个讲演家，大道理滔滔不绝地出自我的口中，他都加上了引号，这就使我不禁为之大吃一惊了。

当然，他并不是恶意，引号里的那些话，也都是好话，都是非常正确的话，并对当前的形势，有积极意义。千百年后，也不会有人从中找出毛病来的。可惜我当时并没有说这种话，是作者为了他的主题，才要说的，是为了他那里的工作，才要说的。往不好处说，这叫"造作语言"，往好处说，这是代我"立言"。什么是访问记的写法，什么是小说的写法，可能他分辨不清吧。

如果我事先知道他要写这篇文章，要来看看就好了，就不会出这种事了。此不慎者二。

我是不好和别人谈话的，一是因为性格，二是因为疾病，三是因为经验。目前，我的房间客座前面，压着一张纸条，上面就有一句：谈话时间不宜过长。

写文章，自己可以考虑，可以推敲，可以修改，尚且难免出错。言多语失，还可以传错、领会错，后来解释、补充、纠正也来不及。有些人是善于寻章摘句，捕风捉影的。他到处寻寻觅觅，捡拾别人的话柄，作为他发表评论的资本。他评论东西南北的事物，有拓清天下之志。但就在他管辖的那个地方，就在他的肘下，却常常发生一些使天下为之震惊的奇文奇事。

这种人虽然还在标榜自己一贯正确，一贯坚决，其实在创作上，不过长期处在一种模仿阶段，在理论上，更谈不上有什么一贯的主张。今日宗杨，明日师墨，高兴时，鹦鹉学舌，不高兴，反咬一口。根子还是左右逢迎，看风使舵。

和这种人对坐，最好闭口。不然，就"离远一点"。

《水浒传》上描写：汴梁城里，有很多"闲散官儿"。为官而闲在，幼年读时，颇以为怪。现在不怪了。这些人，没有什么实权，也没有多少事干，但又闲不住。整天价在三瓦两舍，寻欢取乐，也在诗词歌赋上，互相挑剔，寻事生非。他们的所作所为，虽不一定能影响整个社会的安定团结，但"文苑"之长期难以平静无事，恐怕这也是一个原因吧？此应慎者三。

一九八二年五月二十八日晨再改一次

我的绿色书

我自幼喜欢植物，不喜欢动物。进入学校，也是对植物学有兴趣。在我的藏书中，有不少是关于植物的书，如《群芳谱》《广群芳谱》《花镜》《花经》。其中《植物名实图考长编》，是一部大著作；它的姊妹篇，是《植物名实图考》，都是图，白描工笔，比看植物标本，还有味道，就不用说照片了。

我喜欢植物，和我的生活经历有关：我幼年在农村庄稼地里度过，后来又在山林中，游击八年。那时，农村的树木很多，村边，房后，农民都栽树。旧戏有段念白：看前边，黑压压，雾沉沉，不是村庄，便是庙宇。最能形容过去农村树木繁盛的景象。

幼年时，我只有看见农民种植树木，修剪树木的印象，没有看见有人砍伐树木的印象。

"文化大革命"以后，我曾亲眼看到一个花园式庭院毁灭的经过：先是私人，为了私利，把院中名贵的、高大的花木砍伐了；然后是公家，为了方便，把假山、小河，夷为平地，抹上洋灰，使它寸草不生，成了停车场。

在"干校"劳动时，那里是个农场，却看不到一棵成材的树。村边有一棵孤零零的小柳树，我整天为它的前途担心，结果，长到茶杯粗，夜里就叫人砍去，拴栅栏门了。

　　我的家乡，也不再是村村杨柳围绕。一眼望去，赤地千里，成了无遮拦的光杆村庄。

　　这是怎么回事？

　　有人说，这是素质不高；有人说，这是道德欠缺；有人说是因没有文化；有人说是因为穷。

　　当然，这都是前些年的事，现在的景象如何，我不得而知，因为我已经很久不出门了。

　　但从楼上往下看，还到处是揪下的柳枝、踏平的草地。藤萝种了多年，爬不到架上去，蔷薇本来长得很好，不知为什么，又被住户铲去了。

　　有人说这是管理不善；有人说这是法制观念淡薄；有人说，如果是私人的，就不会是这样了。这问题更难说清楚了。

　　我不知道，我过去走过的山坡、山道，现在的情景如何，恐怕也有很大变化吧！泉水还那样清吗？果子还那样甜吗？花儿还那样红吗？

　　见不到了，也不想再去打游击了。闭门读书吧。这些植物书，特别是其中的各种植物图，的确给老年人，增添无限安静的感觉。

一九九二年八月十二日清晨

书 衣 文 录

湖 海 诗 传

一九七五年五月二十九日灯下。人之相逢，如萍与水。水流萍滞，遂失其侣。水不念萍，萍徒生悲。一动一静，苦乐不同。

鲁迅书简（许广平编）

余性憨直，不习伪诈，此次书劫，凡书目及工具书，皆为执事者攫取，偶有幸存，则为我因爱惜用纸包过者。因此得悟，处事为人，将如兵家所云，不厌伪装乎。

此书厚重，并未包装，安然无恙，殆为彼类所不喜。当人文全集出，书信选编寥寥，令人失望，记得天祥有此本，即跑去买来，视为珍秘。今日得团聚，乃为裹新装。

一九七四年一月二日晚间无事记

西　游　记

有友人言，青年人之不知爱书，是因为住处狭小，余颇以为非此。书籍虽非尽神圣，然阅后总应放置于高洁之处，不能因无台柜，即随意扔在床下，使之与鞋袜为伍也。总因不知读书之难。

青年无爱护书籍习惯，书经彼等借阅归来，即如遭大劫，破损污胀，不可形容。青年无购书习惯，更少以自己劳力所获，购置书籍者。其所阅书，多公家发给，以为日用品，阅后即随便抛掷。即使借自他人，亦认为无足轻重也。

一九七四年四月

此皆小说也，而未失去，图章之力乎？此所谓自我失之，自我得之矣。

所感甚多，因作书箴：

淡泊晚年，无竞无争。抱残守阙，以安以宁。惟对于书，不能忘情。我之于书，爱护备至：污者净之，折者平之，阅前沐手，阅后安置。温公惜书，不过如斯。

勿作书蠹，勿为书痴。勿拘泥之，勿尽信之。天道多变，有阴有晴。登山涉水，遇雨遇风。物有聚散，时损时增。不以为累，是高水平。

北齐张肃墓文物图录

大风寒甚，心躁如焚，不能外出，取此书再整装之。

一九七五年十一月十三日

此类书定价如此之昂，盖卖与外国人或公家资料室之品也。余以稿费，亦得收藏，实偶然也。人不由己，正所谓得小便宜吃大亏也。

同时又记，风仍不已

从热爱现实到热爱文物，即旅行于阴阳界上，即行将入墓之征，而并一小石之志，不可得也。

再　记

庸闲斋笔记

余既以大批石印笔记送人，时亦惋惜，以其代表一时期印刷史，书写亦多能手，可备观赏。赠与他人，他人以为泛泛，不知爱惜，尚不如弃之收购站，或再遇书癖也。此数种石印书，因夹于其他书捆中，随至旧居，得以暂存，并得披新装焉。

一九七五年十一月十三日下午

清 稗 类 钞

既得多纸，爱及此书，共四十八本，徐徐装之。

一九七五年十二月十三日

上午至街散步，道途多阻，或因拖拉机成队停留，或因施工加篱栅，或因自行车厂，令青年成队试新车于通路，或修剪树木堆枝于路中，或就马路筛灰和煤，晾被褥堆垃圾。百码之内，虽绕道数次，亦不得畅行，乃归。

十五日

昨日小宏来言，将去昆明，并要为我买烟茶及大理石镜面。此甥时时结记我，亦不负我襁负之劳矣。思之慨然。

余既于前夜哭骂出声，昨夜又梦辞职迁居等事。而慷慨助我者，则为千里。千里平头，扬扬如常日。此盖近日感寡助之痛，而使故人出现于梦境也。此小事而纷萦心中如此之深，余所见太短矣。

十九日灯下

今日装讫。此书杂乱无章，所引亦不注出处，取材无鉴衡，多浅薄流俗之言。然其体大，所容多，凡有关北京风物世态，究非他书可比，可用之材甚多。千百年后，将成罕见之类书。四十八册之规模，虽在目前，亦不多见。如此保护，亦期延其年寿，遇有明达耳。

二十一日灯下记

苕溪渔隐丛话

余之读书，不洁不整不愿读，书有折角，如不展舒，则心中不安亦如卷折。然细想实不必要，徒损时间精神，于读书求学无关也。但古来读书人多爱书，不读书者视之为怪。余见他人读书，极力压迫书籍以求方便，心颇痛之，然在彼人，此种感情实难理解。

旧习本宜改过，但不近书则已，近书则故态复萌，因既在身边，即难不顾而生情，有之为累，生之为痛，乃法则也。

一九七三年四月十一日

久不事此，地震后在外露宿近一月，后虽偶进室中而无灯。今电接通，遂又得于晚间静坐包书，然笔墨早已收起，乃用钢笔题识。此书余另有万有文库本。

余生一九七六年九月十一日

金 陵 琐 事

此等书不知何年所购置，盖当时影印本出，未得，想知其内容，买来翻翻。整理书橱，见其褴褛，装以粗纸，寒碜如故。一九六六年，时已五十四岁。忆鼓捣旧书残籍，自十四岁起，则此种生涯，已四十年。黄卷青灯，寂寥有加，长进无尺寸可谈，愧当如何？

病 期 经 历

小 汤 山

我从北京红十字医院出来，就到北京附近的小汤山疗养院去。报社派了一位原来在传达室工作的老同志来照顾我。

他去租了一辆车，在后座放上了他那一捆比牛腰还要粗得多的行李，余下的地方让我坐。老同志是个光棍汉，我想他把全部家当都随身带来了。出了城，车在两旁都是高粱地的狭窄不平的公路上行驶。现在是七月份，天气干燥闷热，路上也很少行人车辆。不久却遇上一辆迎面而来的拉着一具棺材的马车，有一群苍蝇追逐着前进，使我一路心情不佳，我的神经衰弱还没有完全好。

小汤山属昌平县，是京畿的名胜之一，有一处温泉，泉水形成了一个不小的湖泊，周围还有小河石桥等等景致。在湖的西边有一块像一座小平房的黑色巨石，人们可以上到顶上眺望。

湖旁有一些残碣断石，可以认出这里原是晚清民初什么阔人的别墅。解放以后，盖成一座规模很不小的疗养院。

我能来这里疗养，也是那位小时的同学李之琏同志给办的，他认识一位卫生部的负责人，正在这里休养和管事。疗养院是一排两层的楼房，头起有两处高级房间，带有会客室和温泉浴室。我竟然住进了楼上的一间。这也是我一生中难得的幸遇，所以特别在这里记一笔。

在小汤山，我学会了钓鱼和划船。每天从早到晚，呼吸从西北高山上吹来的，掠过湖面，就变成一种潮湿的、带有硫磺气味的新鲜空气。钓鱼的技术虽然不高，也偶然能从水面上钓起一条大鲢鱼，或从水底钓起一条大鲫鱼。

划船的技术也不高，姿态更不好，但在这个湖里划船，不会有什么风浪的危险，可以随心所欲，而且有穿过桥洞、绕过山脚的种种乐趣。温泉湖里的草，长得特别翠绿柔嫩，它们在水边水底摇曳，多情和妩媚，诱惑人的力量，在我现在的心目中，甚于西施贵妃。

我的病渐渐好起来了。证明之一，是我开始又有了对人的怀念、追思和恋慕之情。我托城里的葛文同志，给在医院细心照顾过我的一位护士，送一份礼物，她就要结婚了。证明之二，是我又想看书了。我在疗养院附近的小书店，买了新出版的《拍案惊奇》和《唐才子传》，又郑重地保存起来，甚至因为不愿意那位老同志拿去乱翻，惹得他不高兴。

这位老同志原来是赶大车的，我们傍晚坐在小山上，他给我讲过不少车夫进店的故事。我们还到疗养院附近的野地里去玩，那里有不少称之为公主坟的地方。

从公主坟地里游玩回来，我有时看看《聊斋志异》。这件事叫疗养院的医生知道了，对那位老同志说：

"你告他不要看那种书，也不要带他到荒坟野寺里去转游！"

其实，神经衰弱是人间世界的疾病，不是狐鬼世界的疾病。

我的房间里，有引来的温泉水。有时朋友们来看我，我都请他们洗个澡。慷国家之慨，算是对他们的热情招待。女同志当然是不很方便的。但也有一位女同志，主动提出要洗个澡，使我这习惯男女授受不亲的人，大为惊异。

已经是十一月份了，天气渐渐冷了，湖里的水草，也不再像过去那样翠绿。清晨黄昏，一层蒸汽样的浓雾，罩在湖面上，我们也很少上到小山顶上去闲谈了。在医院时，我不看报，也不听广播，这里的广播喇叭，声音很大，走到湖边就可以听到，正在大张旗鼓地批判右派。有一天，我听到了丁玲同志的名字。

过了阳历年，我决定从小汤山转到青岛去。在北京住了一晚，李之琏同志来看望了我。他虽然还是坐了一辆小车来，也没有和我谈论什么时事，但我看出他的心情很沉重。不久，就听说他也牵连在所谓右派的案件中了。

一九八四年九月二十八日晨四时记

青　岛

关于青岛，关于它的美丽，它的历史，它的现状，已经有很多文章写过了。关于海、海滨、贝壳，那写过的就更多，可以说是每天都可以从报刊见到。

我生在河北省中部的平原上，是一个常年干旱的地方，见到是河水、井水、雨后积水，很少见到大面积的水，除非是滹沱河洪水暴发，但那是灾难，不是风景。后来到白洋淀地区教书，对这样浩渺的水泊，已经叹为观止。我从来也没有想过到青岛这类名胜之地，去避暑观海。认为这种地方，不是我这样的人可以去得的，去了也无法生存。

从小汤山，到青岛，是报社派小何送我去的。时间好像是一九五八年一月。

青岛的疗养院，地处名胜，真是名不虚传。在这里，我遇到了各界的一些知名人士，有哲学教授，历史学家，早期的政治活动家，文化局长，市委书记，都是老干部，当然有男有女。

这些人来住疗养院，多数并没有什么大病，有的却多少带有一点政治上的不如意。反右斗争已经进入高潮，有些新来的人，还带着这方面的苦恼。

一个市的文化局长，我们原来见过一面，我到那个市去游览时，他为我介绍过宿地。是个精明能干的人，现在得了病，竟不认识我了。他精神沉郁，烦躁不安。他结婚不久的爱人，是个漂亮的东北姑娘，每天穿着耀眼的红毛衣，陪着他，并肩坐在临海向阳的大岩石上。从背后望去，这位身穿高干服装的人，该是多么幸福，多么愉快。但他终日一句话也不说，谁去看他，他就瞪着眼睛问：

"你说，我是右派吗？"

别人不好回答，只好应酬两句离去。只有医生，是离不开的，是回避不了的。这是一位质朴而诚实的大夫，有一天，他抱着甘冒天下之大不韪的决心，对病人说：

"你不是右派，你是左派。"

病人当时脸上露出了一丝笑容，但这一保证，并没有能把他的病治好。右派问题越来越提得严重，他的病情也越来越严重。不久，在海边上就再也见不到他和他那穿红毛衣的夫人了。

我邻居的哲学教授，带来一台大型留声机，每天在病房里放贝多芬的唱片。他热情地把全楼的病友约来，一同欣赏。但谁也不能去摸他那台留声机。留声机的盖子上，贴有他撰写的一张注意事项，每句话的后面，都用了一个大惊叹号，他写文章，也是以多用惊叹号著称的。

我对西洋音乐，一窍不通，每天应约听贝多芬，简直是一种苦恼。不久，教授回北京去，才免除了这个负担。

在疗养院，遇到我的一个女学生。她已进入中年，穿一件黑大衣，围一条黑色大围巾，像外国的贵妇人一样。她好到公园去看猴子，有一次拉我去，带了水果食物，站在草丛里，一看就是一上午。她对我说，她十七岁出来抗日，她的父亲，在土地改革时死亡。她没有思想准备，她想不通，她得了病。但这些话，只能向老师说，不能向别人说。

到了夏季，是疗养地的热闹时期，家属们来探望病人的也多了。我的老伴也带着小儿女来看我，见我确是比以前好多了，她很高兴。

每天上午，我跟着人们下海游泳，也学会了几招，但不敢到深处去。有一天，一位少年倜傥的"九级工程师"，和我一起游。他慢慢把我引到深水，我却差一点没喝了水，赶紧退了回来。这位工程师，在病人中间，资历最浅最年轻，每逢舞会，总是先下场，个人独舞，招徕女伴大众围观，洋洋自得。

这是病区，这是不健康的地方。有各种各样的人，各种各样的病。在这里，会养的人，可以把病养好，不会养的人，也可能把病养坏。这只是大天地里的一处小天地，却反映着大天地脉搏的一些波动。

疗养院的干部、医生、护理人员，都是山东人，很朴实，对病人热情，照顾得也很周到。我初来时，病情比较明显，老伴来了，都是住招待所。后来看我好多了，疗养院的人员都很高兴。冬天，我的老伴来看我，他们就搬来一张床，让我们夫妻同处，还叫老伴跟我一同吃饭。于是我的老伴，大开洋荤，并学会了一些烹饪技艺。她对我说：我算知道高汤是怎么个做法了，就是清汤上面再放几片菜叶。

护士和护理员，也都是从农村来的，农村姑娘一到大城市，特别是进了疗养院这种地方，接触到的，吃到的，看到的，都是新鲜东西。

疗养人员，没有重病，都是能出出进进，走走跳跳，说说笑笑的。疗养生活，说起来虽然好听，实际上很单调，也很无聊。他们每天除去打针散步，就是和这些女孩子打交道。日子久了，也就有了感情。在这种情况下，两方面的感情都是容易付出的，也容易接受的。

我在这个地方，住了一年多。因为住的时间长了，在住房和其他生活方面，疗养院都给我一些方便。春夏两季，我差不多是自己住着一所小别墅。

小院里花草齐全，因为人烟稀少，有一只受伤的小鸟，落到院里。它每天在草丛里用一只腿跳着走，找食物，直到恢复了健康，才飞走了。

其实草丛里也不是太平的。秋天，一个病号搬来和我同住，他在小院散步时，发现一条花蛇正在吞食一只癞蛤蟆。他站在那里观赏两个小时，那条蛇才完全吞下了它的猎物。他对我说：有趣极了！并招呼我去看看，我没有去。

我正在怀疑，我那只小鸟，究竟是把伤养好，安全飞走了呢；还是遇到了蛇一类的东西，把它吞掉了？

我不会下棋、打扑克，也不像别人手巧，能把捡来的小贝壳，编织成什么工艺品，或是去照相。又不好和人闲谈，房间里也没有多少书。最初，就去海边捡些石头，后来石头也不愿捡了，只是在海边散步。晴天也去，雨天也去，甚至夜晚也去。夜晚，走在海岸上听海涛声，很雄壮也很恐怖。身与海浪咫尺之隔，稍一失足，就会掉下去。等到别人知道了，早已不知漂到何处。想到这里，夜晚也就很少出来了。

在这一年冬季，来了一位护理员，她有二十来岁，个子不高，梳两条小辫。长得也不俊，面孔却白皙，眼神和说话，都给人以妩媚，叫人喜欢。她正在烧锅炉，夜里又要去炼钢铁，还没有穿棉衣。慢慢熟识了，她送给我一副鞋垫。说是她母亲绣的，给她捎了几副来，叫她送给要好的"首长们"。鞋垫用蓝色线绣成一株牡丹花，很精致，我收下了。我觉得这是一份情意，农村姑娘的情意，像过去在家乡时一样的情意。我把这份情意看得很重。我见她还没穿棉袄，就给她一些钱，叫她去买些布和棉花做一件棉袄，她也收下了。

　　这位姑娘，平日看来腼腼腆腆，总是低着头，遇到一定场合，真是嘴也来得，手也来得。后来调到人民大会堂去做服务员，在北京我见到她。她出入大会堂，还参加国宴的招待工作，她给我表演过给贵宾斟酒的姿势。还到中南海参加过舞会，真是见过大世面了。女孩子的青春，无价之宝，遇到机会，真是可以飞上天的。

　　这是云烟往事，是病期故事。是萍水相逢。萍水相逢，就是当水停滞的时候，萍也需要水，水也离不开萍。水一流动，一切就成为过去了。

　　我很寂寞。我有时去逛青岛的中山公园。公园很大，很幽静，几乎看不到什么游人。因为本地人，到处可以看到自然景物，用不着花钱来逛公园；外地人到青岛，主要是看海，不会来逛各地都有的公园的。但是，青岛的公园，对我来说，实在可爱。主要是人少，就像走入幽林静谷一样，不像别处的公园，像赶集上庙一样。公园里有很大的花房，桂花、茶花、枇杷果，在青岛都能长得很好，在天津就很难养活。公园还有一个鹿苑，我常常坐在长椅上看小鹿。

　　我有机会去逛了一次崂山。那时还没有通崂山的公共汽车，去一趟很不容易。夏天，刘仙洲教授来休养，想逛崂山，疗养院派了一辆吉普车，把我也捎上。刘先生是我上过的保定育德中学的董事，当时他的大幅照片，悬挂在校长室的墙壁上，看起来非常庄严，学生们都肃然起敬。现在看来，并不显老，走路比我还快。

　　车在崂山顶上行驶时，真使人提心吊胆。从左边车窗可以看到，万丈峭壁，下临大海，空中弥漫着大雾，更使人不测其深危。我想，司机稍一失手，车就会翻下去。还有几处险道，车子慢慢移动，车上的人，就越发害怕。

　　好在司机是有经验的。平安无事。我们游了崂山。

　　我年轻时爬山爬得太多了，后来对爬山没有兴趣，崂山却不同。印象最深的，是那两棵大白果树，真是壮观。看了蒲松龄描写过的地方，牡丹是重新种过的，耐冬也是。这篇小说，原是我最爱读的，现在身临其境，他所写的环境，变化并不太大。

中午，我们在面对南海的那座有名的寺里，吃午饭。饭是疗养院带来的面包、茶鸡蛋、酱肝之类，喝的也是带来的开水。把食物放在大石头上，大家围着，一边吃，一边闲话。刘仙洲先生和我谈了关于育德中学老校长郝仲青先生的晚年。

一九五九年，过了春节，我离开青岛转到太湖去。报社派张翔同志来给我办转院手续。他给我买来一包点心，说是在路上吃。我想路上还愁没饭吃，要点心干什么，我把点心送给了那位护理员。她正在感冒，自己住在一座空楼里。临别的那天晚上，她还陪我到海边去转了转，并上到冷冷清清的观海小亭上。她对我说：

"人家都是在夏天晚上来这里玩，我们却在冬天。"

亭子上风很大，我催她赶紧下来了。

我把带着不方便的东西，赠给疗养院的崔医生。其中有两支龙凤洞箫，一块石砚，据说是什么美人的画眉砚。

半夜，疗养院的同志们，把我送上开往济南的火车。

一九八四年九月三十日晨三时写讫

太　湖

从青岛到无锡，要在济南换车，张翔同志送我。在济南下车后，我们到《大众日报》的招待所去休息。在街头，我看见凡是饭铺门前，都排着很长的队，人们无声无息地站在那里，表情都是冷漠的，无可奈何的。我问张翔：

"那是买什么？"

"买菜团子。"张翔笑着，并抱怨说，"你既然看见了，我也就不再瞒你。我事先给你买了一盒点心，你却拿去送了人。"中午，张翔到报社，弄来一把挂面，给我煮了煮，他自己到街上，吃了点什么。

疗养院是世外桃源，有些事，因为我是病人，也没人对我细说，在青岛，我只是看到了一点点。比如说，打麻雀是听见看见了，落到大海里或是落到海滩上的，都是美丽嫩小的黄雀。这种鸟，在天津，要花一元钱才能买到一只，放在笼里养着，现在一片一片地摔死了。大炼钢铁，看到医生们把我住的楼顶上的大水箱，拆卸了下来，去交任务。可是，度荒年，疗养院也还能吃到猪杂碎。

半夜里，我们上了开往无锡的火车，我买的软卧。

当服务员把我带进车室的时候，对面一边的上下铺，已经有人睡下了，我在这一边的下铺，安排我的行李。

对面下铺，睡的是个外国男人，上面是个中国女人。

外国人有五十来岁，女人也有四十来岁了，脸上擦着粉，并戴着金耳环。

我向来动作很慢，很久，我才关灯睡下了。

对面的灯开了。女人要下来，她先把脚垂下，轻轻点着男人的肚子。我闭上了眼睛。

女人好像是去厕所，回来又是把男人作为阶梯，上去了。我很奇怪，这个男人的肚子，为什么有这么大的负荷力和弹性。

男人用英语说：

"他没有睡着！"

天亮了，那位女人和我谈了几句话，从话中我知道男的是记者，要到上海工作。她是机关派来作翻译的。

男人又在给倚在铺上的女人上眼药。不知为什么，我对这两位同车的人很厌恶，我发见列车上的服务员，对他们也很厌恶。

离无锡还很远，我就到车廊里坐着去了。后来张翔告诉我，那女人曾问他，我会不会英语，我虽然用了八年寒窗，学习英语，到现在差不多已经忘光了。

张翔把我安排在太湖疗养院，又去上海办了一些事，回来和我告别。我们坐在太湖边上。不知为什么，我忽然感到特别的空虚和难以忍受的孤独。

最初，我在附近的山头转，在松树林里捡些蘑菇，有时也到湖边钓鱼。太湖可以说是移到内地的大海。水面虽然大，鱼却不好钓。有时我就坐在湖边一块大平石上，把腿盘起来，闭着眼睛听太湖的波浪声。

我的心安静不下来，烦乱得很。我总是思念青岛，我在那里，住的时间太长了，熟人也多。在那里我虽然也感到过寂寞，但还没有像现在这样可怕。

我非常思念那位女孩子。虽然我知道，这并谈不上什么爱情。对我来说，人在青春，才能有爱情，中年以后，有的只是情欲。对那位女孩子来说，也不会是什么爱情。在我们分别的时候，她只是说：

"到了南方，给我买一件丝绸衬衫寄来吧。"

这当然也是一种情意，但可以从好的方面去解释，也可以从不大好的方面去解释。

蛛网淡如烟，蚊蚋赴之；灯光小如豆，飞蛾投之。这可以说是不知或不察。对于我来说，这样的年纪，陷入这样的情欲之网，应该及时觉悟和解脱。我把她送我的一张半身照片，还有她给我的一幅手帕，从口袋里掏出来，捡了一块石头，包裹在一起，站在岩石上，用力向太湖的深处抛去。以为这样一来，就可以把所有的烦恼，所有的苦闷，所有的思念纠缠和忏悔的痛苦，统统扔了出去。情意的线，却不是那么好一刀两断的。夜里决定了的事，白天可能又起变化。断了的蛛丝，遇到什么风，可能又吹在一起，衔接上了。

在太湖遇到一位同乡，他也是从青岛转来的，在铁路上做政治工作多年。我和他说了在火车上的见闻。他只是笑了笑，没有回答。

他可能笑我又是书呆子，少见多怪。这位同乡，看过我写的小说，他有五个字的评语："不会写恋爱。"这和另一位同志的评语："不会写战争"正好成为一副对联。

　　在太湖，几乎没有什么可记的事。院方组织我们去游过蠡园、善卷洞。我自己去过三次梅园，无数次鼋头渚。有时花几毛钱雇一只小船，在湖里胡乱转。撑船的都是中年妇女。

一九八四年十月六日下午

心　脏　病

过去，我一直认为自己只有脑病，没有心脏病。其实，进城初期，报社杨经理，叫我到市里一家医院，检查一下身体，说是有病的人可以吃保健饭。检查以后，卡片上明明写的是心脏病三个大字。但是我却毫不在意，以为不过是为了照顾我吃上保健饭，大夫胡乱给填写了一个病名。

又有一次，是"文化大革命"后期，大概是一九七四年冬季，上级忽然叫这些斗了多少个死去活来的老干部，去总医院检查身体。带有政治性质，不去还不行。检查结果，也写着冠状动脉硬化等字样，我也没有拿它当作一回事。因为我想，既然死里逃生，还管它这里硬化，那里软化干什么。

不巧的是，我那时刚刚和一位张女士结了婚。我们这般年纪，当然都是再婚。她看到检查结果，心情很沉重，以为好不容易结合了，却是一个病人，大为担心失望，一定要带我去做一次心电图。那时，心电图这玩意儿，刚刚传到中国，大家对它很信任。

总医院分门诊部和住院部，我检查身体是在门诊大楼，这回张女士带我做心电图，是在马路对过的住院部大楼。先在楼下交了费，取了单据，然后上楼去做心电图。管做心电图的女护士，有二十来岁，穿着那时还很时髦的绿色军装。

女护士一看单据，就生了气，大声说："你应该到门诊部去做！"

张女士低声赔笑说："我们在楼下交的费，他叫我们到楼上来！"

我躺在病床上，女护士一边拉扯电线，一边摔打着往我四肢上套，像杀宰一样。她一直怒气不息，胡乱潦草地完事，把心电图摔给了张女士，撵我们出屋，就碰上门走了。

我和张女士都一直蒙在鼓里，不明白这位女护士，为什么对我们发这样大的火，我们究竟走错了哪一步？

"去交给大夫看看吗？"张女士拿着那张心电图问我。

"不用了。"我说，"我的心脏很好。"

"你怎么知道？"张女士问。

"你还没有看清楚，即使我的心脏一点毛病也没有，也被这位女护士气死在床上，起不来了。既然我完好如初，这就证明：我的心脏非常健全，不同一般。"

张女士几乎是破涕为笑了。我接着说："她可能看出我的身份。她是小巫，不足挂怀。这些年，我见过的大小流氓、大小无赖、势利小人、卑劣小人，可以说是车载斗量，不计其数，阵势比她摆弄的这一套大得多。我看她顶多是个新贵子弟，也不是护士科班，很可能是依仗权势，进来充数的。"

从这以后，我对我的心脏更有信心了。同时自信，我之所以能够活到现在，能够长寿，并不像人们常常说的，是因为喝粥、旷达、乐观、好纵情大笑等等，而是因为这场"大革命"，迫使我在无数事实面前，摒弃了只信人性善的偏颇，兼信了性恶论，对一切丑恶，采取了鲁迅式的，极其蔑视的态度的结果。

我有将近二十年的时间，没有再到过医院。视为畏途。

但是，无论怎样大圣大哲，他的主观愿望和臆测，终究代替不了科学和现实。况无知如我，怎能不受到惩罚呢？

一九九一年一月二十八日记：今日下午三时，午睡后，脉有间歇，起床颇觉心慌不适，走动时亦感心律甚乱。后吃饼干十片，芝麻糖两片，觉稍好。盖腹泻已两月，吃饭又少，营养不良所致。过去缺糖症状，不是这样，甚可虑也。晚记。

以上这段话，写在北京季同志寄赠的《日本古代随笔选》的包书纸上。报社大夫闻讯来诊，仍说心电图显示心脏很好，根据我的口述，只劝我继续吃治腹泻的药，并多吃一些补品。

我也就忘记了心脏的事。有一天，同一位同志谈话，有两句不入耳的话，我听了以后，忽然觉得心肌狠狠扯动了两下。这种现象过去没有，随即停止了谈话。

二月四日下午记：心脏发病，坐卧不安，浑身无力，不能持重，不能扫地、搬书，甚至不能看书阅报，这才真正成了一个心脏病人。从前天起，贴条子谢来访者。

以上这段话，写在山东邓同志寄赠的一本《谈龙录》的包书纸上。

报社医生又赶来，给了一些治心脏病的药，并特别照顾，给买了西洋参、蜂王精等补品。因为外边传说，我自己舍不得花钱买这些东西。

从此，就每天按时服药，太阳升上来，就坐在窗下，嘴里含几片花旗参，慢慢咀嚼着，缅怀往事。朋友们婉言劝告，应该住院，千万不要把病耽误了。我则想：病没得正，会自痊，如果得正，则无所谓耽误。

有一位姓李的老同事，老邻居，进城初期当记者，专跑医院，认识很多专家，一九五六年我得脑病，常带我去看病。这次，他很关心，又知道我这些年不愿到医院，甚至也不愿找医生，近似讳病忌医，就拿了我近日做的心电图，去拜访专家，问问要紧不要紧。不久，就又热心地来和我详细谈了专家的看法和意见。我说："代我谢谢专家。看起来，你的面子还真大，不带病人去，人家还会和你谈得这么详细。真不简单。这就像看稿子一样，如果有人不带作品叫我看，只来和我谈情节，我是不会和他谈的。"

老李说："我劝你去做一次心流图，不是心电图。我最近做过一回，自己能看到自己的心脏和血液循环，清清楚楚。好极了。"

我说："你知道，我神经衰弱，在电视节目上，我看见给别人做那个，心里还不舒服，何况自己去看自己？我受不了。专家讲的，我都明白，这就够了。写文章，可以写得明快一些，对于生活，对于自己的病，我是个朦胧派。"

老李苦笑着走了。

芸斋主人曰：心脑相连，古人以心为人体之主，非无因也。余所用商务民国四年出版之学生字典，心部共收字一百六十九。可略见人生情感之事，均与心脏有关。有人以钟摆喻心脏，亦有道理。然自念一生，颠沛流离，忧患相仍，心为百感交集之地，经七十余年之冲撞磨损，即钢铁所铸，亦当千疮百孔，破败不堪，况乃血肉之躯乎！也真难为它了，它也的确应该停下来，休息休息了。

病莫大于心疾，哀莫大于心死。这是无可奈何的。

一九九一年三月二十五日记

忆梅读《易》

经验证明：人在极度绝望和无聊的时候，会异想天开，做出出其不意的事情来。

当我住牛棚的晚期，旧同事老李接任棚长，对我比较宽厚。过去，我在棚里，是最受虐待的。因此，我的心里，松快一些。每天晚上开完会，老李把热在炉上的半饭盒棒子粥喝进肚里，我也把烤好的半个棒子面饼子嚼完，有时就围在他的铺盖前，说几句闲话。有一次，我说我要写一篇小说，第一句是：梅，对我是无缘的。

我看周围的人，对我的话，没有什么兴趣，就转身睡觉去了。第二天晚上开会，竟有一个人，批判我的这个想法，并说：

"这样开头的小说太多了，有什么新鲜！"

这个人，是我们进城时惟一留用的人员。他虽然在我手下工作过一段时间，而且我还是支部书记（一生中只有这一次，也不明白那时人们为什么选我）。对他为了什么能被留用，以及他的来历和底细，并没有任何了解。

"文革"开始，他是最早站出来革命的三个干部中的一个。每次开批斗会，他总是坐在革命群众的前排，并随时发言插话。当时革命，既以进城老干部为对象，留用人员当然就被看做响当当，很出了一阵风头。后来不知为了什么，也进了牛棚，但仍以特殊身份，备受优待，因此气焰不减。

平心而论，他的发言，还是和我讨论创作上的问题，并没有给我加什么罪名。因为，他一向自称是搞艺术的。但据我所知，说他理论家吧，并没有写出过像样的文章；说他是画家吧，又没有见他发表过什么作品。我到他的宿舍去过，倒是有一些美术方面的书，墙上还挂着一张裱好的，他画的国画，是一只鸭子和两根芦苇。据我看，还只能说是作业，谈不上创作。当然，如果他以后成为名人，也可以拿出去展览。

其实，并非这位人士的批评，把我的文思打断。那时，我怎么能够写小说？脑子里想的是生死大关，家破人亡的问题，这些带有浪漫意思的往事，哪里容我多想，很快就忘记了。那天晚上的几句闲话，只能说是我的一闪之念，那时不正在狠斗一闪念吗？它不斗自消了。

直到一九八二年，我写《病期琐事——太湖》一文时，我才又写到，一九五八年，在大箕山养病期间，我曾三次，一个人雇一只小船，去无锡那有名的梅园访梅。有一次，遇到下雨，我一个人在园中，流连了整整一个上午，并在梅园后院一大间放农具的房子里，惆怅地望着满园落泪一样的梅花，追索往事。

我生在北方，只见过杏花，没见过梅花。我以为杏花开放，是北方田野最美丽的点缀。一片火红，灿烂夺目。梅花名声更大，但我三次去梅园，不是早了，就是迟了，不然就是遇到下雨。

所以，我那小说的开头就说：梅，对我是无缘的。

事实是，梅对我是有缘的，是我负了心。我给她写了一封信，她很快就回信，一口答应了。我很快又反悔，这对她的伤害太大了。我一生也不能原谅自己。

关于这段经过，我曾写进《善闇室纪年——在延安》一节中，发表在《江城月刊》上。后来编入集子时，责任编辑是一位女同志，她认为，既然没成为事实，现在还提它作甚？为了照顾我的名声，好心地给删了去。其实是不必要的。

我一生中，做过很多错事，鲁莽事，荒唐事。特别是轻举妄动的事，删不胜删。中国有一部经书——《易》。我晚年想读一下，但终于不能读懂。我只能如此解释它：易，就是变易之易，就是轻易之易。再说得浅近一些：易，既然是卦，就是世事和人事，都容易变卦之意。

变卦，对英雄豪杰来说，有时还有利有弊，有幸有不幸，有祸有福。对于弱者，就只能有伤痛，有灾难，有死亡。以上这些言词，当然都是在我将死之年，对我的不稳定性格的一种诠释。

梅，是我的学生，就在她答应和我缔结同心之时，也只是在延河边上，共同散步十分钟。临别时，我还保持老师的严肃习惯，连她的手也没有握一下。

所以她以后，也能原谅我。当我的老伴去世以后，她曾托人把她的已经失去丈夫的妹妹介绍给我，我没有应允。后来，她又告诉她在天津的弟弟，有合适的，给我找个做伴的人。她还不大了解，我不只是一个凡夫俗子，而且智能低下，像我这样的人，也只能孤独地生活下去，不能再和别人同居了。但因为她对我的关心，我也不断想起往事，并关心她晚年的生活，像这样宽厚待人的人，一定会是幸福无量的。

原谅是由于信任。当时，她虽恨我多变，但不会怀疑我是成心戏弄她。我们是共过患难的，一同走到延安去的。大家都已离家七八年，战事还不知何日结束，自己和家人的生死存亡，也难以断定。当我在河边和她谈将来，谈文学，谈英语（她学的是英语），她只简单地回答：我不想那么多，我只想结婚！那时她恐怕也有二十七八岁了。

日本投降以后，我们又走回晋察冀，但不在一个队，偶尔见面，都不好意思再说话，互相回避，以为从此就生分了。

进城以后，命运却安排她，三番几次，陪同她的爱人，到我住的院里拜访她爱人的一位朋友，而我和他们这位朋友，住的是近邻。最后一次，大家也都进入中年，儿女成行了，她一个人又来了。以前，我曾向老伴谈到过这件事，我征求了老伴的意见后，去看望了她。屋里只有我们两人，她丝毫没有表示怨恨。也可能是因为我的变卦，才促成了她目前的幸福生活——这也是易经。

直到去年，她的爱人去世，她派她的弟弟，通知了这一不幸。我本来并不认识她的爱人，也托她弟弟，送了一个花圈，并向她表示慰问。

闲话间，她弟弟很关心我的生活，并说：

"如果再找老伴，最好找一个过去有过一段感情的人。"

我说：

"我太老了，脾气又太怪，过去有过感情的人，现在恐怕也相处不来了。爱情和青春同在，尚且有时靠不住。老了，就什么也谈不上了。"

太史公曰："盖孔子晚而喜易。易之为术，幽明远矣，非通人达才，孰能注意焉？"《易》曰："乐则行之，忧则违之。"

前者说明：《易》是老年人才知道喜欢的书。因为人的一生，经历了很多事，很难得到解释。《易》这玩艺儿，能识时达变，怎么解释，也能通畅，所以就得到圣人的喜欢了。

后面两句，是《易经》原文，也能懂得，但做起来就难了。实际是常常反其道而为之。因为这是现实，有时不容你选择。有时你会自愿这样去做。等到醒悟过来，人已经老了，或者就要死了。

一九九一年四月十五日写讫

时大病初愈，此作，颇不利于养生

清 明 随 笔

——忆邵子南同志

邵子南同志死去有好几年了。在这几年里，我时常想起他，有时还想写点什么纪念他，这或者是因为我长期为病所困苦的缘故。

实际上，我和邵子南同志之间，既谈不上什么深久的交谊，也谈不上什么多方面的了解。去年冯牧同志来，回忆那年鲁艺文学系，从敌后新来了两位同志，他的描述是："邵子南整天呱啦呱啦，你是整天一句话也不说……"

我和邵子南同志的性格、爱好，当然不能说是完全相反，但确实有很大的距离，说得更具体一些，就是他有些地方，实在为我所不喜欢。

我们差不多是同时到达延安的。最初，我们住在鲁艺东山紧紧相邻的两间小窑洞里。每逢夜晚，我站在窑洞门外眺望远处的景色，有时一转身，望见他那小小的窗户，被油灯照得通明。我知道他是一个人在写文章，如果有客人，他那四川口音，就会声闻户外的。

后来，系里的领导人要合并宿舍，建议我们俩合住到山下面一间窑洞里，那窑洞很大，用作几十人的会场都是可以的，但是我提出了不愿意搬的意见。

这当然是因为我不愿意和邵子南同志去同住，我害怕受不了他那整天的聒噪。领导人没有勉强我，我仍然一个人住在小窑洞里。我记不清邵子南同志搬下去了没有，但我知道，如果领导人先去征求他的意见，他一定表示愿意，至多请领导人问问我……我知道，他是没有这种择人而处的毛病的。并且，他也绝不会因为这些小事，而有丝毫的芥蒂，他也是深知道我的脾气的。

所以，他有些地方，虽然不为我所喜欢，但是我很尊敬他，就是说，他有些地方，很为我所佩服。

印象最深的是他那股子硬劲，那股子热情，那说干就干、干脆爽朗的性格。

我们最初认识是在晋察冀边区。边区虽大，但同志们真是一见如故，来往也是很频繁的。那时我在晋察冀通讯社工作，住在一个叫三将台的小村庄，他在西北战地服务团工作，住在离我们三四里地的一个村庄，村名我忘记了，只记住如果到他们那里去，是沿着河滩沙路，逆着淙淙的溪流往上走。

有一天，是一九四〇年的夏季吧，我正在高山坡上一间小屋里，帮着油印我们的刊物《文艺通讯》。他同田间同志来了，我带着两手油墨和他们握了手，田间同志照例只是笑笑，他却高声地说："久仰——真正的久仰！"

我到边区不久，也并没有什么可仰之处，但在此以前，我已经读过他写的不少诗文。所以当时的感觉，只是：他这样说，是有些居高临下的情绪的。从此我们就熟了，并且相互关心起来。那时都是这样的，特别是做一样工作的同志们，虽然不在一个机关，虽然有时为高山恶水所阻隔。

我有时也到他们那里去，他们在团里是一个文学组。四五个人住在一间房子里，屋里只有一张桌子，放着钢板蜡纸，墙上整齐地挂着各人的书包、手榴弹。炕上除去打得整整齐齐准备随时行动的被包，还放着油印机，堆着刚刚印好还待折叠装订的诗刊。每逢我去了，同志们总是很热情地说："孙犁来了，打饭去！"还要弄一些好吃的菜。他们都是这样热情，非常真挚，这不只对我，对谁也是这样。他们那个文学组，给我留下了非常好的印象。主要是，我看见他们生活和工作得非常紧张，有秩序，活泼团结。他们对团的领导人周巍峙同志很尊重，相互之间很亲切，简直使我看不出一点"诗人""小说家"的自由散漫的迹象。并且，我感到，在他们那里，有些部队上的组织纪律性——在抗日战争期间，我很喜欢这种味道。

我那时确实很喜欢这种军事情调。我记得：一九三七年冬季，冀中区刚刚成立游击队。有一天，我在安国县，同当时在政治部工作的阎、陈两位同志走在大街上。对面过来一位领导人，小阎整整军装，说："主任！我们给他敬个礼。"临近的时候，素日以吊儿郎当著称的小阎，果然郑重地向主任敬了礼。这一下，在我看来，真是给那个县城增加了不少抗日的气氛，事隔多年，还活泼地留在我的印象里。

因此，在以后人们说到邵子南同志脾气很怪的时候，简直引不起我什么联想，说他固执，我倒是有些信服。

那时，他们的文学组编印《诗建设》，每期都有邵子南同志的诗，那用红绿色油光纸印刷的诗传单上，也每期有他写的很多街头诗。此外，他写了大量的歌词，写了大型歌剧《不死的老人》。战斗、生产他都积极参加，有时还登台演戏，充当配角，帮助布景卸幕等等。

我可以说，邵子南同志在当时所写的诗，是富于感觉，很有才华的。虽然，他写的那个大型歌剧，我并不很喜欢。但它好像也为后来的一些歌剧留下了不小的影响，例如过高的调门和过多的哭腔。我所以不喜欢它，是觉得这种形式，这些咏叹调，恐怕难为群众所接受，也许我把群众接受的可能性估低和估窄了。

当时，邵子南同志好像是以主张"化大众"，受到了批评，详细情形我不很了解。他当时写的一些诗，确是很欧化的。据我想，他在当时主张"化大众"，恐怕是片面地从文艺还要教育群众这个性能上着想，忽视了群众的斗争和生活，他们的才能和创造，才是文艺的真正源泉这一个主要方面。不久，他下乡去了，在阜平很小的一个村庄，担任小学教师。在和群众一同战斗一同生产的几年，并经过学习党的文艺政策之后，邵子南同志改变了他的看法。我们到了延安以后，他忽然爱好起中国的旧小说，并发表了那些新"三言"似的作品。

据我看来，他有时好像又走上了一个极端，还是那样固执，以致在作品表现上有些摹拟之处。而且，虽然在形式上大众化了，但因为在情节上过分喜好离奇，在题材上多采用传说，从而减弱了作品内容的现实意义。这与以前忽视现实生活的"欧化"，势将异途而同归。如果再过一个时期，我相信他会再突破这一点，在创作上攀登上一个新的境界。

他的为人，表现得很单纯，有时甚至叫人看着有些浅薄而自以为是，这正是他的可爱、可以亲近之处。他的反映性很锐敏很强烈，有时爱好夸夸其谈，不叫他发表意见是很困难的。他对待他认为错误和恶劣的思想和行动，不避免使用难听刺耳的语言，但在我们相处的日子，他从来也没有对同志或对同志写的文章，运用过虚构情节或绕弯暗示的"文艺"手法。

在延安我们相处的那一段日子里，他很好说这样两句话："你走你的阳关道，我走我的独木桥。"有时谈着谈着，甚至有时是什么也没谈，就忽然出现这么两句。邵子南同志是很少坐下来谈话的，即使是闲谈，他也总是在屋子里来回走动着。这两句话他说得总是那么斩钉截铁，说时的神气也总是那么趾高气扬。说完以后，两片薄薄的缺乏血色的嘴唇紧紧一闭，简直是自信到极点了。

我不知道他为什么好说这样两句话，有时甚至猜不出他又想到什么或指的是什么。作为警辟的文学语言，我也很喜欢这两句话。在一个问题上，独抒己见是好的，在一种事业上，勇于尝试也是好的。但如果要处处标新立异，事事与众不同，那也会成为一种虚无吧。邵子南同志特别喜爱这两句话，大概是因为它十分符合他那一种倔强的性格。

他的身体很不好，就是在我们都很年轻的那些年月，也可以看出他的脸色憔悴，先天的营养不良和长时期神经的过度耗损，但他的精神很焕发。在那年夏天，我们初次见面的时候，他留给我的印象是：挺直的身子，黑黑的头发，明朗的面孔，紧紧闭起的嘴唇。灰军装，绿绑腿，赤脚草鞋，走起路来，矫健而敏捷。这种印象，直到今天，在我眼前，还是栩栩如生。他已经不存在了。

关于邵子南同志，我不了解他的全部历史，我总觉得，他的死是党的文艺队伍的一个损失，他的才华灯盏里的油脂并没枯竭，他死得早了一些。因为我们年岁相当，走过的路大体一致，都是少年贫困流浪，苦恼迷惑，后来喜爱文艺，并由此参加了革命的队伍，共同度过了不算短的那一段艰苦的岁月。在晋察冀的山前山后，村边道沿，不只留有他的足迹，也留有他那些热情的诗篇。村女牧童也许还在传唱着他写的歌词。在这里，我不能准确估量邵子南同志写出的相当丰富的作品对于现实的意义，但我想，就是再过些年，也不见得就人琴两无音响。而他那从事文艺工作和参加革命工作的初心，我自认也是理解一些的。他在从事创作时，那种勤勉认真的劲头，我始终更是认为可贵，值得我学习的。在这篇短文里，我回忆了他的一些特点，不过是表示希望由此能"以逝者之所长，补存者之不足"的微意而已。

今年春寒，写到这里，夜静更深，窗外的风雪，正在交织吼叫。记得那年，我们到了延安，延安丰衣足食，经常可以吃到肉，按照那里的习惯，一些头蹄杂碎，是抛弃不吃的。有一天，邵子南同志在山沟里拾回一个庞大的牛头，在我们的窑洞门口，架起大块劈柴，安上一口大锅，把牛头原封不动地煮在里面，他说要煮上三天，就可以吃了。

我不记得我和他分享过这顿异想天开的盛餐没有。在那黄昏时分，在那寒风凛冽的山头，在那熊熊的火焰旁边，他那兴高采烈的神情，他那高谈阔论，他那爽朗的笑声，我好像又看到听到了。

一九六二年四月一日于天津

回忆沙可夫同志

　　沙可夫同志逝世，已经很久了。从他逝世那天，我就想写点什么，但是，心情平静不下来，也不知道该从哪里说起。

　　我对沙可夫同志有两点鲜明印象：第一，他的作风非常和蔼可亲，从来没有对他领导的这些文艺干部疾言厉色；第二，他很了解每个文艺干部的长处，并能从各方面鼓励他发挥这个专长。遇到有人不了解这个同志的优点所在的时候，他就尽心尽力地替这个干部进行解释。

　　这好像是很简单的事，但沙可夫同志是坚持不懈，并且是非常真诚、非常热心地做去的。

　　当时，晋察冀边区是一个战斗非常紧张，生活非常艰苦的地区。但就在这里，聚集了不少从各路而来，各自抱负不凡的文艺青年。

　　在这些诗人、小说家、美术家、音乐家和戏剧家的队伍前面，走着沙可夫同志。他的生活和他的作风一样，非常朴素。他也有一匹马吧，但在我的印象里，他很少乘骑，多半是驮东西。更没有见过，当大家都艰于举步的时刻，他打马飞驰而过的场面。饭菜和大家一样。只记得有一个时期，因为他有胃病，管理员同志缝制了一个小白布口袋，装上些稻米，塞到我们的小米锅里，煮熟了倒出来送给他吃。

我所以记得这点，只是因为觉得这种"小灶"太简单，它反映了我们当时的生活，实在困难。

这些琐事，是他到边区文联工作以后，我记得的。文联刚刚成立的时候，他住在华北联大，我那时从晋察冀通讯社调到文联工作，最初和他见面的机会很少。事隔几年之后，有一次在冀中，据一位美术理论家提供材料，说沙可夫同志当时关心我，就像关心一个"贵宾"一样。我想这是不合事实的，因为我从来也没有当"贵宾"的感觉。但我相信，沙可夫同志是关心我的，因为在和他认识以后，给我的这种印象是很深刻的。

当然，沙可夫同志也很关心这位美术理论家。他在那时负责的工作相当重要。

我很明白：领导文艺队伍和从事文艺创作是两回事。从事创作不妨有点洁癖，逐字逐句，进行推敲，但领导文艺工作，就得像大将用兵一样。因此，任用各种各样的人，我从来也不把它看作是沙可夫同志的缺点，这正是他的优点。在当时，人材很缺，有一技之长，就是财宝。而有些青年，在过去或是现在，确实是发挥了很大作用的。

我只是说，当时沙可夫同志领导的这个队伍，真是像俗话所说，"宁带千军万马，不带十样杂耍"，是很复杂的，很难带好的，并且是常常发生"原则的分歧"的。什么理论问题，都曾经有过一番争论。在争论的时候，大都是盛气凌人，自命高深的。我记得，有一次是关于民族形式之争。在文联工作的一些同志，倾向于"新酒新瓶"，在另外一处地方，则倾向于"旧瓶新酒"。我是倾向于"新酒新瓶"的，在《晋察冀日报》上，写了一篇短文，其中有一句大意是："有过去的遗产，还有将来的遗产。"这竟引起了当时两位戏剧家的气愤，在开会以前，主张先不要进行讨论，以为"有很多人连文艺名词还没弄清"，坚持"应该先编印一本文艺词典"。事隔二十年，不知道这两位同志编纂出这部词书没有？我当时的意思只是说，艺术形式是逐渐发展的，遗产也是积累起来的。

周围站立着这样多的怒目金刚，沙可夫同志总是像慈悲的菩萨一样坐在那里，很少发言，甚至在面部表情上，也很难看出他究竟左袒哪一方。他叫大家尽量把意见说出来。他明白：现在这些青年，都只是在学习的路上工作，也可以说是在工作的路上学习。谁的意见也不会成为定论，谁的文章也不会成为经典的。但在他做结论的时候，却会使人感到：这次会确实开得有收获，使持各种意见的同志都心平气和下来，走到团结的道路上去，正确执行着党在当时规定的政策。

沙可夫同志在发言的时候，既无锋利惊人之辞，也无叱咤凌厉之态，他只是平平淡淡地讲着，忠实地简直是没有什么发挥地反复说明党的政策。他在文艺问题上，有一套正确的、系统的见解，从不看风使舵。总结工作中的成绩和缺点的时候，实事求是。每次开会，我都有这样一个感觉：他传达着党的文艺方针和政策，就像他从事翻译那样忠实。

是的，沙可夫同志是把他从事翻译的初心，运用到工作里来的。他对文艺干部的领导，是主张多让他们学习。在边区，他组织多次大型的、古典话剧的演出。凡是真正有价值的文学作品，不分古今中外，不管是什么流派，他都帮助大家学习。有些同志，一时爱上了什么，他也不以为怪，他知道这是会慢慢地充实改变的。实际也是这样。例如故去的邵子南同志，当时是以固执欧化著称的，但后来他以同样固执的劲头，又爱上了中国的"三言"。此外，当时对《草叶集》爱不释手的人，后来也许会主张"格律"；喜欢马雅可夫斯基跳动短句的人，也许后来又喜欢了字句的修长和整齐。

在当时那种一切都是从困难中产生的环境里，他珍爱同志们的哪怕是小小的成果。凡有创作，很少在他那里得不到鼓励，更谈不到什么"通不过"了。当然，那时文艺和战争、生产密切结合，好像也很少出现什么有害的作品。当时文联出版一种油印的刊物，叫作《山》，版本的大小和厚薄，就像最早期的《译文》一样，用洋粉连纸印刷。编辑部设在牛栏村东头，一间长不到一丈，宽不到四尺，堆满农具，只有个一尺见方的小窗子的房子里。编辑和校对就是我一个人。沙可夫同志领导这个刊物，真是"放手"，我把稿子送给他看，很少有不同的意见。他不但为这刊物写发刊辞，翻译了重要的理论文章，为了鼓励我们创作，他还写了新诗。

我已经忘记这刊物出了多少期，但它确实曾经刊登了一些切实的理论和作品，著名作家梁斌同志的纸贵洛阳的《红旗谱》的前身，就曾经连续在这个刊物上发表。那时冀中平原的战斗，尤其频繁艰苦，同志们得不到休息的机会和学习的机会，有时到山里来开会，沙可夫同志总是很好地招待，给他们学习的时间和写作的时间。他们有些作品，也发表在这个刊物上。

我和沙可夫同志虽然相处有一二年的时间，但接触和谈话并不很多。我只是一个普通的干部，有些会议并不一定要我去参加。加以我的习性孤独，也很少主动到他那里闲谈。最初，我只知道他在七七事变以前，翻译过很多文学作品，在当时起了很大的革命和文学的推动作用，至于他学过戏剧，是到山里以后，才知道一些。关于他曾经学过音乐，并从事革命工作那么长久，是他死后从讣文上我才知道。这当然是由于我的孤陋寡闻，但也证明沙可夫同志，不只在仪表上，非常温文儒雅，在内心里也是非常谦虚谨慎。他好像从来也没有对人夸耀：他做过什么，或是学过什么，或是什么比你们知道得多……

是一九四二年吧，文联的机关取消，分配我到《晋察冀日报》社去工作，当时，我好像不愿去当编辑，愿意下乡。我记得在街上遇到沙可夫同志，我把这个意见提了，那一次他很严肃地只说了三个字："工作么！"我没有再说，就背上背包走了。这时我已入了党。

从此以后，好像就很少见到他。一九四四年，我们先后到了延安，有一天，他来到鲁艺负责同志的窑洞里，把我叫去，把我在敌后的工作情况，向那位负责同志谈了。送出我来，还问我：是不是把家眷接到延安来？这或者是因为他看到在那里工作的同志，差不多都有配偶，觉得我生活得有些寂寞吧。

全国胜利以后，在一次文艺大会上，休息时我到他的座位那里，谈了几句。他问我近几年写了什么东西，又劝我注意身体，这或者是因为他看出我的身体已经不大好了吧。

一九五九年夏天，我养病到北戴河，一天黄昏，我在海边散步，看见他站在一块岩石上钓鱼，我跑了过去。他一边钓着鱼，一边问了问我的病的情形。当时我看他精神很好，身体外表也很好。在他脚下有处水槽，里面浮动着两只海蟹。但他说的话很少，我就告辞走了。这或者是因为他正在集中精神钓鱼，也或者是因为他自己知道自己的病情，不愿意多说话耗费精神吧。

从此，就再没见过面。

关于沙可夫同志，在他生前，既然接近比较少，多少年来我也没有从别人那里打听过他的生平。关于他的工作，事实和成效俱在，也毋庸我在这里称道。关于他的著述，以后自然有地方要编辑出版。我对于他的记述，真是大者不知，小者不详。整理几点印象，就只能写成这样一篇短文。

一九六二年三月十一日于北京

一九七八年三月改

回忆何其芳同志

在三十年代初，当我开始写作的时候，何其芳同志在文学方面，已经有了一定的成就。他经常在北方的著名文艺刊物上发表文章，在风格上，有自己独特的地方。他的散文集《画梦录》，还列入当时《大公报》表扬的作品之中。但是，我对他这一时期作品的印象，已经很淡漠，那时文艺界有所谓京派海派之分，我当时认为他的作品属于京派，即讲求文字，但没有什么革命性，我那时正在青年，向往的是那些热辣辣的作品。

一九三八年秋冬之间，我在冀中军区举办的抗战学院担任文艺教官——那是一个军事性质的学院，所以这样称呼。我参加抗日工作不久，家庭观念还很深，这个学院设在深县旧州，离我家乡不远，有时就骑上车子回家看看，那时附近很多县城还在我们手中，走路也很安全。

在进入冬季的时候，形势就紧张起来，敌人开始向冀中进攻，有些县城，已被占领。那时冀中的子弟兵刚刚建立不久，在武器上、作战经验上，甚至队伍成分上，一时还不能适应这种紧急的局面，学院已经准备打游击。我回家取些衣物，天黑到家不久，听说军队要在我家的房子招待客人，我才知道村里驻有队伍。

第二天上午，有一群抗战学院的男女同学，到我家里来看望，我才知道，所谓军队的客人就是他们，他们是来慰问一二〇师的。

这真使我喜出望外。一二〇师，是我向往已久的英雄队伍，是老八路、老红军，而更使我惊喜不已的是我们村里驻的就是师部，贺龙同志就住在西头。我听了后，高兴得跳起来，说：

"我能跟你们去看看吗？"

"可以。"带队的男同学说，"回头参谋长给我们报告目前形势，你一同去听听吧。"

我跟他们出来，参谋长就住在我三祖父家的南屋里。那是两间很破旧的土坯房，光线也很暗，往常过年，我们是在这里供奉家谱的。参谋长就是周士第同志，他穿一身灰色棉军装，英俊从容。地图就挂在我们过去悬挂家谱那面墙壁上，周士第同志指着地图简要地说明了敌人的企图，和我军的对策。然后，我的学生，向他介绍了我。参谋长高兴地说：

"啊，你是搞文艺的呀，好极了，我们这里有两位作家同志呢，我请他们来你们见见。"

在院子里，我见到了当时随一二〇师出征的何其芳同志和沙汀同志。

他两位都是我景仰已久的作家，沙汀同志的《法律外航线》，是我当时喜爱的作品之一。

他们也都穿着灰布军装，风尘仆仆。因为素不相识，他们过去也不知道我的名字，我记得当时谈话很少。给我的印象，两位同志都很拘谨，也显得很劳累，需要养精蓄锐，准备继续行军，参谋长请他们回去休息，我们就告辞出来了。

周士第同志是那样热情，他送我们出来，我看到，这些将军们，对文艺工作很重视，对从事这种工作的人，是非常喜欢和爱护的。在短短的时间里，给我留下深刻的印象。他请两位作家来和我们相见，不仅因为我们是同行，在参谋长的心中，对于他的部队中有这样两个文艺战士，一定感到非常满意。他把两位请出来，就像出示什么珍藏的艺术品一样，随后就又赶快收进去了。

我回到学院，学院已经开始疏散，打游击。我负责一个游动剧团，到乡下演出几次，敌人已经占了深县县城，我们就编入冀中区直属队里。我又当了一两天车子队长，因为夜间骑车不便，就又把车子坚壁起来，徒步行军。

这样，我们才真正开始了游击战争的生活。首先是学习走路的本领，锻炼这两条腿——革命的重要本钱。每天，白天进村隐蔽，黄昏集合出发。于是十里，五十里，一百里，最多可以走一百四十里。有时走在平坦的路上，有时走在结有薄冰的河滩上。我们不知道，我们前边有多少人，也不知道后边有多少人，在黑夜中，我们只是认准前边一个人绑在背包后面的白色标志，认准设在十字路口的白色路标。行军途中，不准吸烟，不准咳嗽，紧紧跟上。路过村庄，有狗的吠叫声，不到几天，这点声音也消灭了，群众自动把狗全部打死，以利我们队伍的转移前进。

我们与敌人周旋在这初冬的、四野肃杀的、广漠无边的平原之上，而带领我们前进、指挥我们战斗的，是举世闻名、传奇式的英雄贺龙同志。他曾为国家立下汗马功劳，我们对他向往已久。我刚进入革命行列，就能得到他的领导，感到这是我终生的光荣。所以，我在《风云初记》一书中，那样热诚地向他歌颂。

这次行军，对于冀中区全体军民，都是一次大练兵，教给我们在敌人后方和敌人作战的方法。特别是对冀中年轻的子弟兵，是一种难得的宝贵的言传身教。

何其芳和沙汀同志当然也在队伍中间。不过，他们一定在我们的前面，他们更靠近贺龙同志。最近，读到沙汀同志一篇文章，其中说到当时硝烟弥漫的冀中区，我们是一同经受了这次极其残酷、极其英勇、极其光荣的战斗洗礼。

一九四四年夏天，我从晋察冀边区到了延安，在鲁迅艺术学院文学系工作和学习。当时，何其芳同志也在那里，他原是文学系的主任，现在休养，由舒群同志代理主任。所以我和他谈话的机会还是不很多。他显然已记不得我们在冀中的那次会见，我也没有提过。我住在东山顶上一排小窑洞里，他住在下面一层原天主教堂修筑的长而大的砖石窑洞里，距离很近，见面的机会是很多的。

在敌后，我已经有机会读到他参加革命以后的文章，是一篇他答《中国青年》社记者的访问。文字锋利明快，完全没有了《画梦录》那种隐晦和梦幻的风格。在过去，我总以为他是沉默寡言的，到了延安一接近，才知道他是非常健谈的，非常热情的，他是个典型的四川人。并且像一位富有粉笔生涯的教师，对问题是善于争论的，对学生是诲人不倦的，对工作是勇于任事的。所以，并未接触，而从一时的文章来判定一个人，常常是不准确的。

在全国解放以后，有些老熟人，反而很少见面了。我和何其芳同志就是这样，相忘于江湖。最近读了他的两篇遗作，深深感到：他确是一个真正的书生，也是一个真正的学者。他的工作，他的文字，我是很难赶得上，学得来的。他既有很深的基本功，一生又好学不倦，为革命做了很多很好的工作。

一九七七年十一月

悼 念 田 间

昨天是星期日，心情烦乱，吃罢晚饭，院子里安静些了，开门到台阶上站立。紧邻李夫，从屋里出来，告诉我：

"田间逝世了。"

"你从哪里得来的消息？"我大吃一惊。

李夫回屋，取来一张当天的《今晚报》，他是这家报纸的总编辑。

消息是不会错的，田间确是不在了。我回到屋里，开灯看了这段消息。我一夜辗转不安，我还能为他做些什么呢？前一个月，张学新来，说他害病，我写了一张明信片给葛文，没得到回复，我还以为她忙。

一九四〇年，我在晋察冀通讯社，认识田间，他虽然比我小几岁，已经是很有名的诗人，我很尊重他。他对我们这些文学爱好者，如邓康、康濯、曼晴，也有一种特殊的感情，主动把我们写的东西，介绍到大后方去。我的稿子并没有得到发表，但记得他那认真的，诚挚的情谊。不久，他调到晋察冀文协，把我和邓康带去，作为他的助手。我们一同工作了不算短的时间。一九四二年整风以后，他到盂县下乡，我也调动了工作。

一九四四年春天，我随大队去延安，经过盂县，他在道路旁边等候我作别。是个有霜雪的早晨，天气很冷，我身上披着，原是他坚壁起来的一件日本军用皮大衣，他当记者时的胜利品，羊皮上有一大片血迹。取这件衣服，我并没告诉他，他看见后，也没说什么。这件衣服，我带到延安，被一次山洪冲走了。

在文协工作时，他见我弄不到御寒的衣物，还给过我一件衣服。是他在大后方带来的驼色呢子大衣，我曾穿回冀中，因为颜色和形式，在当时实在不伦不类，妻子给我加了黑粗布面子，做成了一件短夹袄。

那时，吃不上好东西，他用大后方寄来的稿费，请我们在滹沱河畔的一家小饭馆，吃过鱼。又有一次他卖掉一条毛毯，请我们吃了一顿包子。

这些事，我在什么文章里记过了。

田间的足迹，留在晋察冀的艰难的山路上。他行军时的一往无前的姿态，一直留在我的心中。他总是走在我们的前面。他的诗，也留在晋察冀的各个村落和山头上。抗战八年，田间在诗人中，是一个勇敢的，真诚的，日以继夜，战斗不息的战士。近年来，可能有人对他陌生，甚至忘怀。但是，他那遍布山野村庄，像子弹一样呼啸的诗，不会沉寂。

田间是一个诗人，他成名很早，好像还没有领会人情世故，就出名了，他一直像个孩子。在山里，他要去结婚了，棉裤后面那块一尺见方的大补丁，翻了下来，一走一忽闪，像个小门帘。房东大娘把他叫了回来，给他缝上。他也不说什么，只是天真地笑了笑，就走了。

后来，他当了盂县县委宣传部长，后来又当了雁北地委秘书长，我都很奇怪，他能做行政工作吗？但听说都干得不错。

他天真，他对人真诚。解放后，我每次到北京，他总到我住的地方看我。我到他那里去，他总是拉我到街上，吃点什么。那几年，他兴致很好，穿着、住处，都很讲究。

一九五六年以后，因为我闹病，很少见到他。一九七五年，我和别人去逛八达岭，到他家看了看，他披着一件油垢不堪的大棉袄，住在原来是厨房的小屋里。因为人多，说了几句话，我向他要了两盒烟，就出来了。一九七八年，我到北京开了一个星期的会，他虽然有家，却和我在旅馆里同住。除去在山里，这算是我们相处时间最长的一次了。但也没有多少话好说了。

坦诚地说，我并不喜欢他这些年写的那些诗。我觉得他只在重复那些表面光彩的词句或形象。比如花呀，果呀，山呀，海呀，鹰呀，剑呀。我觉得他的诗，已经没有了《给战斗者》那种力量。但我没有和他谈过这些，我觉得那是没有用处的，也没有必要。时代产生自己的诗人，但时代也允许诗人，按照自己的意愿，走完自己的道路。

我不自量，我觉得我是田间的一个战友。抗日战争，敌后文艺工作，不只别人，连我自己，也渐渐淡漠了。但现在，我和田间，是生离死别，不能不想到一些往事。我早晨四点钟起来，写这篇零乱颠倒的文章，眼里饱含泪水。

一九八五年九月二日

关 于 丁 玲

一

三十年代初，我在保定读高中，那里有个秘密印刷厂，专翻印革命书籍，丁玲的早期小说也在内，我读了一些，她是革命作家，又是女作家，这是容易得到年轻人的崇拜的。过了二年，我在北平流浪，有一次在地摊上买了几期《北斗》杂志，这也是丁玲主编的，她的著名小说《水》，就登在上面。这几期杂志很完整，也很干净。我想是哪个穷学生，读过以后忍痛卖了。我甚至想，也许是革命组织，故意以这种方式，使这家刊物，广为流传。我保存了很多年，直到抗日战争或土地改革时，才失掉了。

二

不久，丁玲被捕，《现代》杂志上登了她几张照片，我都剪存了，直到我认识了丁玲，还天真地写信问过她，要不要寄她保存。丁玲没有复信，可能是以为我既然爱好它，就自己保存吧。上海良友图书公司，出版了她的小说《母亲》，我很想买一本，因为经济困难作罢，但借来读过了。同时我读了沈从文写的《记胡也频》和《记丁玲》，后者被删了好多处。

三

一九四四年，我在延安。有一次严文井同志带我和邵子南去听周恩来同志的讲话。屋子不大，人也不多，我第一次见到了丁玲。她坐在一条板凳上，好像感冒了，戴着口罩，陈明同志给她倒了一杯开水。我坐在地上，她那时还不认识我。

一九四八年秋天，她到了冀中，给我写了一封信。那时我正在参加土改，有两篇文章，受了批评。她在信中安慰了我几句，很有感情。

四

一九五〇年，我到北京开会，散会后同魏巍到丁玲家去。她请晋察冀边区的几个青年作家吃饭，饭菜很丰盛，饭后，我第一次吃到了哈密瓜。

也是这年冬季，我住在北京文学研究所，等候出差。丁玲是那里的负责人。星期六下午，同院的人都回家去了。丁玲来了，找谁谁不在。我正在房子里看书，听到传达室的人说：

"孙犁……"

丁玲很快回答说：

"孙犁回天津去了。"

传达室的人不说话了，我也就没有出去。我不好见，人丁玲也可能从接触中，了解到我这一弱点。

五

又过了几年，北京召开批判丁、陈的大会，天津也去了几个人，我在内。大家都很紧张。在小组会上确定谁在大会发言时，有人推我。我想：你对他们更熟悉，更了解，为什么不上？我以有病辞。当时中宣部一位负责人说：

"他身体不好，就算了吧。"

直到现在，我还记得这句为我排忧解难的好话。

我真病了。一九五七年住进北京的红十字会医院，严重神经衰弱。丁玲托人给我带来一封信，还给我介绍了一位湖南医学院的李大夫，进院看病。当年夏季，我转到小汤山疗养，在那里，从广播上听到了丁玲的不幸遭际。

从此，中断信息很多年。前几年，她到天津来了一次，到家来看了我，我也到旅舍去看望了她和陈明同志。不久我见到了中央给她做的很好的结论，我很高兴。

六

丁玲，她在三十年代的出现，她的名望，她的影响，她的吸引力，对当时的文学青年来说，是能使万人空巷的，举国若狂的。这不只因为她写小说，更因为她献身革命。风云兴会，作家离不开时代。后来的丁玲，屡遭颠踬，社会风尚不断变化，虽然创作不少衰，名声不少减，比起三十年代，文坛上下，对她的热情与瞩望，究竟是有些程度上的差异了。

一颗明亮的，曾经子夜高悬，几度隐现云端，多灾多难，与祖国的命运相伴随，而终于不失其光辉的星，殒落了。

谨记私人交往过从，以寄哀思。

一九八六年三月七日下午二时写讫

悼　康　濯

　　整整一个冬季，我被疾病折磨着，人很瘦弱，精神也不好，家人也很紧张。前些日子，柳溪从北京回来说：康濯犯病住院，人瘦得不成样子了，叫她把情况告诉我。我当即写了一封信，请他安心治疗，到了春暖，他的病就会好的。但因为我的病一直不见好，有点悲观，前几天忽然有一种预感：康濯是否能熬过这个漫长的冬季？

　　昨天，张学新来了，进门就说：告诉你一个不幸的消息，我没等他说完，就知道是康濯了。我的眼里，立刻充满了泪水。我很少流泪，这也许是因为我近来太衰弱了。

　　从一九三九年春季和康濯认识，到一九四四年春季，我离开晋察冀边区，五年时间，我们差不多是朝夕相处的。那时在边区，从事文学工作的，也就是那么几个人。

　　康濯很聪明，很活跃，有办事能力，也能团结人，那时就受到沙可夫、田间同志等领导人的重视。他在组织工作上的才能，以后也为周扬、丁玲等同志所赏识。

　　他和我是很亲密的。我的很多作品，发表后就不管了，自己贪轻省，不记得书包里保存过。他都替我保存着，不管是单行本，还是登有我的作品的刊物。例如油印的《区村和连队的文学写作课本》

《晋察冀文艺》等，"文革"以后，他都交给了我，我却不拿着值重，又都糟蹋了。我记得这些书的封面上，都盖有他的藏书印章。实在可惜。

"文革"以前，我写给他的很多信件，他都保存着，虽然被抄去，后来发还，还是洋洋大观。而他写给我的那两大捆信，因为不断抄家，孩子们都给烧了，当时我并不知道。我总觉得，在这件事情上，对不住他。所以也不好意思过问，我那些信件，他如何处理。

一九五六年，我大病之后，他为我编了《白洋淀纪事》一书，怕我从此不起。他编书的习惯，是把时间倒排，早年写的编在后面。我不大赞赏这种编法，但并没有向他说过。

他和我的老伴，也说得来。孩子们也都知道他。一九五五年，全国清查什么"集团"，我的大女儿，在石家庄一家纱厂做工。厂里有人问她：你父亲和谁来往最多？女儿不知道是怎么回子事，想了想说：和康濯。康濯不是"分子"，她也因此平安无事。

他在晋察冀边区，做了很多工作，写了不少作品。那时的创作，现在，我可以毫不含糊地说，是像李延寿说的：潜思于战争之间，挥翰于锋镝之下。是不寻常的。它是当国家危亡之际，一代青年志士的献身之作，将与民族解放斗争史光辉永存，绝不会被数典忘祖的后生狂徒轻易抹掉。

至于全国解放之后，他在工作上，容有失误；在写作上，或有浮夸。待人处事，或有进退失据。这些都应该放在时代和环境中考虑。要知人论世，论世知人。

近些年，我们来往少了，也很少通信，有时康濯对天津去的人说：回去告诉孙犁给我写信，明信片也好。但我很少给他写信，总觉得没话可说，乏善可述。他也就很少给我写信，有事叫邹明转告。康濯记忆很好，比如抗日时期，我们何年何月，住在什么村庄，我都忘记了，他却记得很清楚。他所知文艺界事甚多，又很细心，是个难得的可备咨询的人才。

　　耕堂曰：战争时相扶相助，胜利后各奔前程，相濡相忘，时势使然。自建国以来，数十年间，晋察冀文学同人，已先后失去邵子南，侯金镜，田间，曼晴。今康濯又逝，环顾四野，几有风流云散之感矣！

一九九一年一月十九日下午

记　陈　肇

老友陈肇，于一九九〇年十一月七日，病逝于北京。

自一九三八年，一同任职冀中抗战学院起，至一九四〇年，又一同在晋察冀通讯社工作止，我同他，可以说是朝夕相处，患难与共的。我在几篇回忆性的散文中，都曾写到过他。这里只能再记一些琐事。

他去世后，我在北京的女儿，前去吊唁，慰问了已经不能说话的陈伯母。肇公的两个孙女和两个外孙，叫我女儿转告，希望我能写一点什么。

我想，这些事，是我的责任，我一息尚存，当勉力为之。难道还需要孩子们对我进行嘱托吗？

陈肇，河北安平县人。他毕业于天津河北省第一师范。老辈人都知道，这个学校，是很难考入的，学生多是农村一些贫苦好学的子弟。他的家我去过，不过是个中农。他父亲很有过日子的远见，供他念书，叫二儿子务农，三儿子去当兵。毕业后，他执教于昌黎简师。

一九三八年的秋天，我和陈肇打游击，宿在他的家中，他已经和大嫂分别很久了，我劝他去团圆团圆，但他一定陪我睡。第二天天尚不亮，我们就离开了。陈肇对朋友如此认真，第一次给我留下深刻的印象。

一九六二年夏天，我去北京，住在锥把胡同的河北办事处。一天下午，我与一个原在青岛工作、当时在北京的女同志，约好去逛景山公园。我先到景山后街的公共汽车站去等她。在那里，正好碰上从故宫徒步走来的陈肇。他说：

"我来看你，你怎么站在这里？"

我说等一个人。他就站在路边和我说话。我看见他穿的衬衣领子破了，已经补上。

他一边和我谈话，一边注意停下来的汽车，下来的乘客。他忽然问：

"你等的是男的，还是女的？"

我说是女的。他停了一下说：

"那我就改日再到你那里去吧！"

说完，他就告别走了。我一回头，我等待的那位女同志，正在不远的地方站着。

在对待朋友上，我一直自认，远不能和陈肇相比。在能体谅人、原谅人方面，我和他的差距就更大了。

进城以后，他曾在国务院文办工作，后又调故宫博物院。一九五二年冬季，我到他的宿舍看望他，他穿着一件在山里穿过的满是油污的棉大衣。我说：

"怎么还穿这个？多么不相称！"

他严肃地望望我说：

"有什么不相称的？"

我就不能再往下说了。我在生活上，无主见，常常是随乡入俗，随行就市的。当时穿着一件很讲究的皮大衣。

他住的宿舍，也很不讲究，可以说是家徒四壁，放在墙角的床铺周围墙壁上，糊了一些旧画。被褥、枕头，还按三十年代当教员时的方式叠放着。写字桌上，空空如也，却放着一副新和阗玉镇纸，一个玉笔架。他说：

"三兄弟捎来的，我用不着，你拿去吧。"

这以后，他得到什么文具，只要他觉得不错，就郑重其事地捎给我用。

在故宫，他是副院长，就连公家的信纸、信封都不用，每次来信，都是自己用旧纸糊的信封。

有一次，我想托他在故宫裱张画，又有一次，想摘故宫一个石榴做种子。一想到他的为人，是一尘不染的，都未敢张口。

他多才多艺，他能画，能写字，能教音乐，能作诗，能写小说。这些，他从不自炫，都不大为人知道。我读书时，遇到什么格言警句，总是请他书写后，张挂座右。我还一直保存他早年画的一幅菊花，是他自己花钱，用最简易的方式裱装的。

琐事记毕，系以芜辞：

风云之起，一代肇兴。既繁萧曹，亦多樊滕。我辈书生，亦忝其成。君之特异，不忘初衷，从不伸手，更不邀功。知命知足，与世无争。身处繁华，如一老农。辛勤从政，默默一生。虽少显赫，亦得安宁。君之逝也，时逢初冬，衰草为悲，鸿雁长鸣。闻君之讣，老泪纵横！

一九九〇年十一月二十二日病起作

记 老 邵

一

阅报，老邵已于四月二日逝世，遗嘱不开追悼会，不留骨灰。噫！到底是看破红尘了。

我和老邵，也是进城以后才认识的。我们都是这家报纸的编委，一次开会，老邵曾提出，我写的长篇小说，是否不要在报纸上连载了，因为占版面太多。我告诉他，小说就要登完了。他就没有再说什么。

这可以说是我们第一次打交道。平日，我们虽然住在一个院里，是很少接近的。我不好接近人。

这样过了一二年，老邵要升任总编辑了。有一天上午，他邀我到劝业场附近，吃了一顿饭，然后又到冷饮店，吃了冰糕。结果，回来我就大泻一通，从此，就再也不敢吃冷食。

我来自农村，老邵来自上海。战争期间，我们也不在一个山头。性格上的差异，就更不用说了。不过，他请我吃饭，这点人情，我还是领会得来的。他是希望我们继续合作，我不要到别处去。

其实，我并没有走的想法。那一个时期，不知为什么，我总感觉，我已经身心交瘁，就要不久于人世了。又拉扯着一大家子人，有个地方安身，有个地方吃饭，也就是了。

另外，对于谁当领导，我也有了一点经验：都差不多。如果我想做官，那确是要认真想一下。但我不想做官，只想做客，只要主人欢迎我，留我，那就不管是谁领导，都是一样的。

不久，我就病了。最初，老邵还给我开了不少介绍信，并介绍了各地的小吃，叫我去南方旅行。谁知道，我的病越来越重，结果在外面整整疗养了三年，才又回来。

二

一回到家，我们已经是紧邻。老邵过来看了我一下，我已经从老伴嘴里知道，他犯了什么"错误"，正在家里"反省"，轻易是不出来的。

不多日子，就又听说，老邵要下放搬家，我想我也应该去看看他。我走到他屋里，他正在收拾东西，迎面对我说："你要住这房子吗？"

我听了心里不大高兴，就说："我是来看你，我住这房子干什么？"

他的爱人也说："人家是来看你！"

老邵无可奈何地说："这房子好！"

我明白他的意思。这房子是总编辑住的，他不愿接任他的人住进来，宁可希望我住。我哪里有这种资格。

这时，有一位总务科的女同志，正在他的门口，监视着他搬家。老邵出来，说了一句什么，那位女同志就声色俱厉地说："这是我的责任！"

我先后看到过三任总编辑从这里搬家。两任是升迁，其中一位，所用的家具全部搬走。另一位，也是全部搬走，事先付了象征性的价钱，都有成群的人来帮忙。老邵是下放，情况当然就不同了。

三

其实，老邵在任上，是很威风的，人们都怕他。据说：他当通讯部长的时候，如果和两个科长商量稿件，就从来不是拿着稿子，走到他们那里去，而是坐在办公桌前，呼唤他们的名字，叫他们过来。升任总编以后，那派头就更大了。报社新盖了五层大楼，宿舍距大楼，步行不过五分钟。他上下班，总是坐卧车。那时卧车很少，不管车停在哪里，都很引人注目。大楼盖得很讲究，门窗一律菲律宾木。老邵的办公室，铺着大红地毯。墙上挂着名人字画。编辑记者的骨干，都是他这些年亲手训练出来的那批学生。据说，一听到走廊里老邵的脚步声，都急速各归本位，屏息肃然起来。

老邵是想做官，能做官，会做官的。行政能力，业务能力，都很强。谁都看出来，他不能久居人下。他的升任总编，据我想，可能和当时的一位市长有关。在一个场合，我曾看见老邵对这位市长，很熟识，也很尊敬，他们可能来自一个山头。至于老邵的犯"错误"，我因为养病在外，一直闹不清楚，也不愿去仔细打听。我想升官降职，总和上面有人无人，是有很大关系的。

四

自从老邵搬走以后，听说他在自行车厂工作，就没有见过面。"文化大革命"时，有一天晚上，报社又开批斗会，我和一些人，低头弯腰在前面站着，忽然听到了老邵回答问题的声音。那声音，还是那么响亮、干脆，并带有一些上海滩的韵味。最令人惊异的是，他的回答，完全不像批斗会上的那种单方认输的样子，而是像在自由讲坛上，那么理直气壮。有些话，不只是针锋相对，而且是以牙还牙的。

一个革命群众把批判桌移到舞台上面去，想居高临下，压服他。说："你回答：为什么，我写的通讯，就不如某某人写得好？"

老邵的回答是："直到现在，我还是认为，你写的文章，不如某某！"

"有你这样回答问题的吗？"革命群众吼叫着。

于是武斗开始。这是预先组织、训练的一支小型武斗队，都是年轻人。一共八个人，小打扮，一律握拳卷袖，两臂抬起内弯，踏步前进。他们围着老邵转圈子，拳打脚踢，不断把老邵打倒。有一次，一个打手故意发坏，把老邵推到我身上，把我压在下面，一箭双雕。一霎时，会场烟尘腾起，噼啪之声不断。这是报社最火炽的一次武斗。老邵一直紧闭着嘴，一言不发。大会散了以后，我们又被带到三楼会议室，一个打手把食指塞到老邵的嘴里，用力抠拉，大概太痛苦了，我看见老邵的眼里，含着泪水。

还是自行车厂来了人，才把老邵带回去了。后来我想，老邵早调离报社，焉知非福？如果留在这里，以他的刚烈，会出什么事，是谁也不敢说的。这家报社，地处大码头，经过敌、伪、我三个时期，人员情况是非常复杂的。我都后悔，滞留在这个地方之非策了。

五

"文革"以后，老邵曾患半身不遂，他顽强锻炼，后来能携杖走路了。我还住在老地方，他的两位大弟子，也住在那里，当他去看望他们的时候，也顺便到我屋里坐坐。这时我已经搬到他住过的那间房里，不是我升任了总编，而是当时的总编，不愿意在那里住了。

谈话间，老邵还时常流露愿意做些事，甚至有时表示，愿意回报社。作为老朋友、老同事，我直截了当地对他说："算了吧，好好养养身体吧。五十年代，你当总编，培养了不少人，建立了机关秩序，作出了不少成绩。那是托人民的福，托党的福，托时代的福。那一个时期，是我们党，我们国家和我们报社的全盛时期。现在不同了。你以为你进报社，当总编，还能像过去一样，说一不二，实现你那一套家长式的统治吗？我保险你玩不转，谁也玩不转，谁也没办法。"

他也不和我争论，甚至有时称我说得对，听我的话等等。这就证明他已经不是过去的老邵了。

后来，又听说他犯了病，去外地疗养了一个时期。去年秋季，他回来后，又到我的新居，看望我一次，谈话间，又发牢骚，并责备我软弱，不敢写文章了。我说："我们还是睁一只眼，闭一只眼吧！"

他说："我正是这样做的。"

说完就大笑起来，他的爱人也笑了起来。我才知道，他的左眼，已经失明。我笑不出来，我心里很难过。

芸斋曰：老邵为人，心直口快，恃才傲物，一生人缘不太好。但工作负责严谨，在新闻界颇有名望，其所培养，不少报界英才。我谈不上对他有所了解，然近年他多次枉顾，相对以坦诚。他的逝世，使我黯然神伤，并愿意写点印象云。

一九九〇年四月十日写讫

悼　曼　晴

　　最近，使我难过的事，是听到曼晴逝世的消息。

　　曼晴，在我心中，够得上是一个好人。一个忠厚的人，一个诚实的人，一个负责的人。称之为朋友，称之为战友，称之为同志，都是当之无愧的。

　　曼晴像一个农民。我同他的交游，已写在《吃粥有感》一文，和为他的诗集写的序言之中。文中记述，一九四〇年冬季反"扫荡"时，我同他结伴，在荒凉、沉寂和恐怖的山沟里活动的情景：一清早上山，拔几个胡萝卜充饥；夜晚，背靠背宿在羊群已经转移的空羊圈里。就在这段时间，我们联名发表了两篇战斗通讯。

　　这也可以说是战斗。实际上，既没有战斗部队掩护，也没有地方干部带路。我们没有携带任何武器，游而不击，"流窜"在这一带的山头、山谷。但也没有遇到过敌人，或是狼群，只遭到一次疯狂的轰炸。

　　一想起曼晴，就会想起这段经历。后来，我们还写了充满浪漫蒂克情调的诗和小说。

　　以上这些情景，随着时间的推移，伴着一代人的消亡，已经逐渐变成遥远的梦境，褪色的传奇，古老的童话，和引不起兴趣的说教。

我很难说清，自己当前的心情。曼晴就不会想这么多，虽然他是诗人，曼晴是一个很实际的人，从不胡思乱想。

抗日战争时期，曼晴编辑《诗建设》（油印），发表过我的诗作。解放战争时期，他编辑《石家庄日报》（小报），发表过我写的小说。"文革"以后，他在石家庄地区文联，编辑土里土气的刊物《滹沱河畔》。我的诗，当时没有地方发表，就给他寄去，他都给刊出了。后来，我请他为我的诗集，写一篇序言。文中他直率地说，他并不喜欢我那些没有韵脚的诗。

我不断把作品寄到他手中，是因为他可以信赖；他不喜欢我的诗，而热情刊登，是重视我们之间的友谊。

曼晴活了八十岁。这可以说是好人长寿，福有应得。他离休时，是地区文联主席，党组书记。官职不能算高，可也是他达到的最高职位了。比起显赫的战友，是显得寒酸了一些。但人们都知道，曼晴是从来不计较这些的。他为之奋斗的是诗，不是官位。

他在诗上，好像也没有走红运。晚年才出版了一本诗集，约了几个老朋友座谈了一下，他已经很是兴奋。不顾大病初愈，又爬山登高，以致旧病复发，影响了健康，直到逝世。

这又可以说，他为诗奋斗了一生，诗也给他带来了不幸。

一九八九年三月七日

论曰：友朋之道，实难言矣。我国自古重视朋友，列为五伦之一。然违反友道之事实，不只充斥于史记载籍，且泛滥于戏曲小说。圣人通达，不悖人情之常，只言友三益。直、谅、多闻之中，直最为重要。直即不曲，实事求是之义。历史上固有赵氏孤儿，刎颈之交等故事，然皆为传奇，非常人所能。士大夫只求知音而已。至于《打渔杀家》，倪荣赠了些银两，萧恩慨叹说：这才是我的好朋友啊！

也只是江湖义气，不足为重。古人所说：一贵一贱，交情乃见；一死一生，乃见交情。以及：使生者死，死者复生，见面无愧于心等等，都是因世态而设想，发明警语，叹人情之冷暖多变也。旧日北京，官场有俗语：太太死了客满堂，老爷死了好凄凉，也是这个意思，虽然有轻视妇女的味道。然而，法尚且不责众，况人情乎？以"文革"为例：涉及朋友，保持沉默，已属难得；如责以何不为朋友辩解，则属不通。谈一些朋友的缺点，也在理应之例，施者受者，事后均无须介意。但如无中生有，胡言乱语，就有点不够朋友了。至于见利忘义，栽赃陷害，卖友求荣，则虽旁观路人，妇人孺子，亦深鄙之，以为不可交矣：人重患难之交，自亦有理。然古来又多可共患难，不可共安乐之人。此等人，多出自政治要求，权力之事，可不多赘。

余之交友，向如萍水相逢，自然相结，从不强求。对显贵者，有意稍逊避之；对失意者，亦不轻易加惠于人。遵淡如水之义，以求两无伤损。余与曼晴，性格相同，地位近似，一样水平，一路脚色，故能长期保持友谊，终其生无大遗憾也。

八日晨又记

编　后　记

　　孙犁的创作，愈到老年愈是炉火纯青。如果说早期创作中文学描写上的俭省笔墨之间有时候还可能略有青涩的话，到了老年，他自成一体的简洁与精准文风中，透露出来的就是圆融之后的深邃与辽远了。

　　孙犁晚年的创作，不仅对于人生与世事的思索更其浩远，阅读的范围与关注的细节也都有登峰造极的趋势。典籍收藏、诗文绘画、小品摆设、花草树木、窗外人影，都可以自由地被收纳到对人生的回顾与思考之中，真正臻于融会贯通之境。

　　孙犁这一时期的创作，文体实际上已经不很重要，小说、散文、诗歌、回忆录、报告文学，甚至哪怕仅仅只是写在信件上或者书页上的只言片语，都只是做着真情实意的率性表达，很少受到文体本身的限制；即便后来被标明为某一文体了，往往也并非写作时的预设。

　　这种将文学作为表达和抒发的手段的文体意义上的界限含混，在世界上很多大作家那里都并非鲜见。与孙犁精神气质非常接近的德语作家黑塞，晚年的文体实际上也有这种不分的情况，很多集子里都是这种诗文结合的东西了，当然他还另加上了画。

　　所以这个选本也专一只在内容上，对于文体基本上不加区分。相应的，本书选篇的标准也便专一在孙犁各个创作时期尤其是晚年所著中，"写老年的"和"为老年写的"两种。所谓"写老年的"，就是作者文字中以老年为描绘对象的；"为老年写的"则是写给老年人看的文字，抒发自己对老年生活的感触的文字。当然如果以创作时期来看，以上两类作品，自然很多都是孙犁晚年趋于化境的创作。

编选者

2016 年 3 月